Sempre é Tempo

EDITORA EME

Edição e distribuição:

EDITORA EME

Caixa Postal 1820 – CEP 13360-000 – Capivari-SP
Fone/fax: (19) 3491-7000 / 3491-5449
E-mail: atendimento@editoraeme.com.br
Site: www.editoraeme.com.br

Wanda A. Canutti / Eça de Queirós

Sempre é Tempo

Capivari-SP
– 2007 –

SEMPRE É TEMPO
Wanda A. Canutti / Espírito Eça de Queirós

1ª edição - abril/2007 - 6.000 exemplares

Capa:
DR Perillo

Diagramação:
Editora EME

Revisão gramatical e doutrinária:
Lídia M. B. Curi
Léa Canutti Fazan

Ficha Catalográfica

Canutti, Wanda A. (psicografia), Espírito Eça de Queirós
Sempre é Tempo, Wanda A. Canutti, Espírito Eça de Queirós, 1ª edição, abril/2007, Editora EME, Capivari-SP.
288 p.
1 - Romance mediúnico
2 - Livre-arbítrio e evolução

CDD 133.9

ÍNDICE

PALAVRAS DO AUTOR

Sabemos que a vida transcorre, o Espírito é imortal e, tanto na Terra como no Plano Maior, nos vemos defrontados com muitas situações. Lutamos, aprendemos, erramos, reincidimos, mas *sempre é tempo* de nos redimirmos, tanto aqui quanto lá.

Se vivemos estouvadamente e delinqüimos, malbaratando a vida e comprometendo o nosso Espírito, Deus nos dá muitas oportunidades, e *sempre é tempo* de tomarmos outro caminho mais ameno e de menos sofrimento.

O aprendizado, a reflexão, o arrependimento e o perdão nos levam a outros rumos, pois *sempre é tempo* de recomeçar. Se ainda encarnados estivermos, as oportunidades são muito maiores.

A cada manhã, as esperanças se renovam e um novo dia está à nossa disposição. Se soubermos compreender que cada um é uma bênção de Deus, e nos esforçarmos para aproveitá-lo no bem, não só deixaremos de assumir compromissos, mas estaremos trabalhando a própria evolução.

Contudo, se ainda não temos tal entendimento e desperdiçamos as horas na prática do mal, ou as deixamos escoar sem nada fazer, ao invés de evoluirmos, estaremos nos comprometendo.

Lembremo-nos de que amanhã é um outro dia e *sempre é tempo*, tanto para nós quanto para os outros. Mas que o nosso tempo não retarde demais, para que não venhamos a aumentar o nosso sofrimento.

Se é, pois, do nosso interesse deixar de sofrer, façamos o nosso tempo o mais rapidamente possível, para encontrarmos alegria, felicidade e paz, sem deixarmos perder oportunidades, pois:

Sempre é tempo de nos arrependermos!

Sempre é tempo de perdoarmos!

Sempre é tempo de corrigirmos um erro cometido!

Sempre é tempo de recomeçarmos!

Sempre é tempo de sermos felizes!

Eça de Queirós

Araraquara, 19 de agosto de 1996.

Capítulo 1

PRETENSÕES

Eram duas horas da manhã!

Ao longe um sino batia, lembrando àqueles que não haviam ainda conciliado o sono para o repouso do corpo, que a noite caminhava e logo as primeiras claridades de um dia de verão ali estariam. E eles, temendo ter de começar um novo dia sem o devido descanso aguardavam ainda poder desfrutar das bênçãos do sono reparador de energias, pelo menos por umas poucas horas.

Estamos em uma pequena localidade da França, no ano de 1860, época em que muitas famílias ainda se reuniam em suas propriedades, formando uma congregação, cujos membros, todos consangüíneos, ajudavam-se mutuamente, tanto no desempenho do trabalho quanto nas demais dificuldades.

Assim era a família de que falaremos, e o local onde nossa história terá início.

O velho avô, que havia gerado alguns filhos homens,

conservara-os consigo, e, mesmo depois de terem constituído as próprias famílias, dois permaneceram em sua companhia. Os outros três, apesar de a casa ser grande e confortável, não os comportava mais e construíram as suas próprias, ao redor da do pai, tendo o velho patriarca a lhes dirigir as ações. Todavia, era como se ainda vivessem juntos.

Duas filhas mulheres apenas nasceram, uma das quais havia se casado, mas o marido, com outros objetivos, levara-a para longe. A outra, sem nunca ter chegado ao matrimônio, permanecia ao lado do pai, gerindo a casa desde a morte da mãe, convivendo com dois irmãos e duas cunhadas, afora alguns sobrinhos que foram chegando.

O velho sempre lutara no campo, e possuía uma grande propriedade, administrada, ainda, nas suas bases, por ele mesmo, auxiliado por todos os filhos.

Numa união tão grande de família, era de esperar que todos se relacionassem bem. Que problema algum fosse resolvido com discordâncias prévias, mas que cada solução, cada nova iniciativa, fosse resultado de um forte entendimento entre eles.

Entretanto, nem sempre assim ocorria. As idéias do velho pai tinham de ser obedecidas, embora com divergência de alguns dos cinco filhos homens cuja visão ia além. Quando propunham implantar algum método mais moderno para facilitar o trabalho, aumentar a produtividade e os lucros, eram deparados, muitas vezes, com as intransigências do pai, que não aceitava o que não fosse resultado da sua própria inventiva.

Devagar, porém, com calma e prolongada insistência, ele cedia, e os filhos faziam como desejavam. Mas não pretendendo mostrar aquiescência nem confiança na eficácia do que fora proposto, exclamava apenas:

— Qualquer prejuízo correrá por conta de vocês!

Entre discordâncias e assentimentos iam vivendo, e a propriedade, cuidada com esmero e muito trabalho, progredia. Podiam até se julgar ricos. Pelo menos os netos do velho senhor, filhos de seus filhos, que já somavam um grande número deixando-o, às vezes, aturdido, assim se consideravam.

— Não sei mais quantos são os meus netos, mas gosto de ver a família aumentar! É para isso que a mulher foi criada - para servir o marido e dar-lhe filhos, muitos, quanto mais, melhor!

Cada uma de suas noras não tinha menos de quatro ou cinco filhos e, as mais jovens, mais ainda teriam.

Se cada neto permanecesse na propriedade, a exemplo dos pais, logo formariam uma vila que se transformaria em cidade. Todavia, não era o desejo do maior número deles. Os tempos eram outros e aquela necessidade do pai, de manter os filhos em sua companhia, não havia mais. Os netos respeitavam o avô como o grande patriarca da família, porque assim aprenderam vendo os pais, mas seu trabalho, junto dele, não seria mais necessário. Quase todos tinham outros objetivos e logo era hora de também pensar no futuro.

Alguns já estavam prontos para a vida, tanto irmãos quanto primos, sem contarmos com as mulheres. As mais velhas se consideravam preparadas para o matrimônio, à espera de seus príncipes, mas os pais e o avô imaginavam alguém que pudesse agregar à sua imensa propriedade, mais alguma extensão de terra ou algum bom dinheiro para os cofres, como dote que exigiam para cada uma.

Não obstante o coração turbulento, eram acomodadas, e, recatadas e submissas, aguardavam.

O mesmo não podemos dizer dos jovens, sobretudo dos mais velhos. Cinco ao todo, dois a dois, irmãos, e um primo, quase da mesma idade. Tinham os mesmos anseios de conhecer uma cidade grande e de nela se instalarem para estudar e seguir novos rumos, embora alguns deles esperassem mais - desfrutar de todos os atrativos que ela poderia lhes oferecer em prazeres e divertimentos.

Entre eles confabulavam bastante, não só os cinco que se consideravam prontos, mas outros mais novos também, participantes dos mesmos anseios. Se os cinco primeiros fossem arrojados em seus desejos, e, menos temerosos da autoridade paterna e da do avô, conseguissem abrir o cerco que formavam, partindo, lhes daria a oportunidade de segui-los no tempo adequado.

Os pais vinham notando uma ligação mais forte entre eles, resultado de algum plano que arquitetavam, mas nenhum ainda havia se manifestado. O que o lugar onde moravam poderia lhes oferecer em estudos, estava se completando, e eles precisariam, sem muita perda de tempo, tomar as suas providências.

— Qual de nós falará em nome de todos? - indagou um deles, em um dos encontros mantidos longe de casa.

— O necessário é reunirmos nossos pais, e, de modo ocasional, entrarmos no assunto, para que eles possam ir pensando e se habituando com a idéia, antes do nosso ultimato.

— Somos dependentes e não juízes, para darmos um ultimato! - exclamou um deles, ponderadamente.

— Sabemos disso, mas, no momento em que colocarmos nossa vontade, não como sugestão, mas como decisão, eles terão que acatá-la.

— Teremos dificuldades com vovô! - lembrou um outro.

— Ele já conseguiu de seus filhos o que pretendia e, quanto a nós, cabe a nossos pais decidir!

— Quando os vir reunidos, seja pelo motivo que for, eu, como um pouco mais velho, lhes falarei, dando-lhes conhecimento do que pretendemos.

— Eles se surpreenderão! - exclamou um deles.

— Não acredito! Nossos pais sabem que não desejamos segui-los nas suas tarefas, nem é necessário que assim seja. Tanto papai quanto todos os seus irmãos ainda são fortes e bem dispostos para prosseguirem o trabalho aqui, e nos enviarem, mensalmente, a importância de que vamos precisar para o que desejamos.

— Você está muito esperançoso, Alfredo! - admitiram os outros.

— Deixem por minha conta que, no tempo certo, estaremos todos com nossas malas na mão, rumo a um lugar que possa nos oferecer maiores conhecimentos e mais experiência de vida, de acordo com nossos objetivos, que não se circunscrevem, de forma alguma, a este lugar! - voltou a falar Alfredo, o mais velho dos cinco.

— Então, aguardemos! - exclamaram os outros a uma só voz.

Os termos dessa conversa não foram discutidos uma vez somente, mas todas as que se reuniam, como se as decisões e a discussão do mesmo assunto tantas e tantas vezes os fortalecessem para a hora de enfrentar os pais, e, muito mais, o avô, que ainda tinha os destinos de todos os seus familiares nas mãos.

A ocasião tão desejada demorava e os jovens tinham pressa.

Cada um, à sua maneira e à sua vez, no próprio lar, falava das suas pretensões às mães que se entristeciam, mas nenhum deles chegara ainda ao pai.

O respeito e o receio eram grandes, e, se a ocasião não fosse bem preparada, a fim de exporem com calma, clareza e desprendimento, suas pretensões, poderiam perder a oportunidade para sempre.

Na verdade, sem que ainda tivesse havido esse confronto, cada pai sabia perfeitamente o que ia no mais íntimo de seus filhos. As esposas os preveniam e eles mesmos, desejosos de proporcionar aos filhos uma educação mais aprimorada, comentavam esse assunto entre si.

— Para o trabalho da propriedade, bastamos nós! - exclamou um deles aos demais.

— Somos suficientes para gerir nossos interesses. Sempre combinamos, mas não podemos nos esquecer de papai! Ele tem, para cada neto, os seus planos, e supõe que devamos encaminhá-los para nos substituir, um dia.

— Esperamos que esse dia tarde bastante, porque ainda somos novos e saudáveis! Até lá, o que eles fariam? Fingiriam que trabalham, mas estaríamos criando desocupados que poderiam se embrenhar nas malhas da vida sem objetivo, perigosa, facilitando-lhes os prazeres desregrados e a dissipação de nossos bens.

— Não julgo nossos filhos desse modo, mas sentir-me-ei feliz em tê-los bem educados e preparados para uma vida com mais facilidade que a nossa.

Cada lado, por sua vez, mantinha as suas conversações e expectativas, mas respeitosos e tementes ao avô, faltava ainda, aos jovens, enfrentá-lo e ter a sua opinião.

Numa noite, após o jantar, os filhos se reuniram na casa do pai para a discussão de alguns assuntos referentes aos interesses de trabalho. As mulheres, mais afastadas dos maridos, falavam sobre a condução do lar e dos filhos.

Os cinco jovens mais velhos estavam atentos. Ao perceberem a conclusão dos assuntos de interesse entre seus pais e o avô, pediriam licença e exporiam de vez as suas pretensões.

A responsabilidade estava com Alfredo, o mais velho. Os outros, receosos e preocupados, aguardavam, enquanto ele, a todo instante, ia espiar, ouvindo por algum tempo o que diziam para verificar se haviam encerrado.

Ao perceber a diversificação do assunto, Alfredo fez um sinal aos outros, chamando-os e, parando à porta da sala onde o pequeno grupo se acomodara, pediu licença, todos entraram, e ele assim se expressou:

— Aproveitando esta reunião de nossos pais, juntamente com o nosso querido avô, temos, todos nós, uma questão para lhes expor, para a qual esperamos a aprovação de todos, satisfazendo o nosso desejo e as nossas expectativas.

O avô olhava-o admirado, percebendo que não tinha mais à sua frente aquela criança que corria pela casa, mas um homem, muito jovem, embora, mas um homem que se colocara entre eles, falando das suas esperanças, e, se lhes permitissem, dos seus desejos.

O pai de Alfredo, já imaginando o que ele iria dizer,

pensava: - Pois diria que esse meu filho dará um bom advogado, o que me trará grande alegria!

O avô continuou a olhar para os netos e, antes que seus filhos, acomodados diante do pai do qual vinham todas as decisões, respondessem, se pronunciou:

— Aqui estamos reunidos para discutir os problemas das nossas terras, mas podemos ouvi-los! Não me parece que seja sobre elas que desejam falar, porque nunca vi o menor interesse de nenhum de vocês por elas!

— Tem razão! - aventurou-se Alfredo. - Os nossos objetivos são outros e queremos expô-los! Esperamos que nos ouçam com atenção, para, ao final, termos a concordância de todos, sobretudo a do senhor, vovô, para o que pretendemos!

— Pois fale, mas vá direto ao assunto! Não é do meu feitio perder tempo com conversas infantis, como eu os julguei até agora! Vejo, porém, que está um homem e é assim que vamos conversar, de homem para homem!

Alfredo não sabia se o avô estava sendo jocoso ou falando o que sentia. Como o momento era importante e não deveria ser perdido, ele, tomando a frente de seus companheiros, um irmão e três primos, começou por dizer:

— Nossos estudos, aqui, estão se completando. Durante o transcorrer do curso que fizemos, pelos conhecimentos adquiridos, fomos sendo despertados para mais aprendermos e prepararmos o nosso futuro, vindo a desempenhar uma profissão para a qual os estudos pretendidos nos capacitará.

O avô ouvia com interesse a exposição do neto, prestando mais atenção à facilidade com que ele expressava o seu desejo e o de todos, que no significado das palavras.

Alfredo, contudo, prosseguia, sem que ninguém houvesse interferido ou interrompido.

– É sabido que esta propriedade não precisa dos nossos préstimos. Está em mãos, as mais eficientes, que são as de meu pai e as de meus tios, sob o comando geral, lúcido e de muita argúcia, que é o do senhor, vovô! Portanto, o que faremos nós aqui, quando tanto nos espera num centro mais desenvolvido e que pode nos oferecer outras oportunidades? É pensando nisso que viemos expor o nosso desejo e pedir permissão para o concretizarmos.

O pai e os tios, sem imaginarem que Alfredo tivesse tal capacidade de verbalização, estavam surpresos. Mas o avô, homem prático e objetivo em suas decisões, interrompeu-o indagando:

– Afinal, o que pretende com tanta fala e tantos louvores à minha pessoa?

– O senhor deve ter entendido, vovô! Fui claro, e não tive a intenção de emitir louvores, mas ser justo às suas qualidades de excelente administrador! Pretendemos, se permitir, nos mudar daqui para estudar, freqüentando algum curso que venha a nos capacitar para o desempenho de uma profissão!

– E o que pretendem seguir?

Nesse momento, o pai de Alfredo, orgulhoso por ver o desembaraço do filho e a facilidade com que expunha suas pretensões, interferiu, dizendo:

– Se você, filho, ainda não decidiu o que fazer, pelo modo como nos falou, imagino que seria um excelente causídico!

— É justamente o que pretendo, papai! Tanto eu quanto Mário, temos os mesmos anseios!

— E os outros? - indagou o avô, curioso.

— Eles mesmos exporão! - respondeu Alfredo.

— Não agora! Devo conversar com seus pais e depois, com cada um de vocês!

Antes de dispensá-los, porém, o avô ainda perguntou:

— Para onde pretendem ir? Se vieram agora, trazendo esse pedido, é porque já têm um plano em mente!

— É verdade, mas nos contentaremos se nos permitirem ir, determinando o senhor, papai e os titios, o melhor lugar para nós!

— Onde encontrarão condições adequadas para desenvolverem os planos que têm? - indagou o avô.

— Sem dúvida, vovô, nenhum lugar nos oferecerá tanto quanto Paris, onde a cultura e os meios de adquiri-la estão muito à frente de outras localidades!

— Não sei o que farão com tanta cultura! Talvez até morram de fome, depois, mas não posso impedir que realizem esse desejo! - voltou a falar o avô.

A alegria dos cinco rapazes era tanta que não cabia no peito, mas não era a ocasião de demonstrá-la.

Alfredo, que fora o porta-voz da sua vontade e da dos primos, agradeceu o avô, afirmando que ninguém morreria de fome com um diploma na mão e a mente repleta de conhecimentos.

Mais alguns pontos foram discutidos, e o avô permitiu que os cinco se retirassem, dizendo-lhes:

— Devo conversar com seus pais a respeito, e, quando chegar o momento, discutiremos, todos juntos, os últimos detalhes para que partam! Antes quero lhes dizer que vocês, sobretudo você, Alfredo, me surpreendeu! Sempre imaginei que teríamos braços suficientes para permanecerem conosco para sempre, mas não posso negar que estou orgulhoso! Ter meus netos freqüentando escolas de nível elevado, e obtendo um diploma que os capacite ao desempenho de uma profissão através da qual granjearão respeito, deixa-me orgulhoso! Agora podem ir!

Agradecendo, feliz, Alfredo retirou-se com todos, e afastaram-se de casa para extravasar a alegria do momento, sem que ninguém percebesse ou ouvisse. Era fora de dúvida que eles pensavam nos estudos, nas carreiras que seguiriam, mas não podiam deixar de se sentir deslumbrados por terem a oportunidade de residir em Paris, que tanto lhes ofereceria, e não só em cultura mas em tudo o que um jovem podia almejar.

Vendo-se só com os filhos, o avô indagou se eles estavam a par de que, naquela noite, os seus netos iriam procurá-lo com tal pedido.

Um deles, o que sempre falava antes de todos pelas suas características de liderança, e, por sinal, o pai de Alfredo, adiantou-se com suas explicações:

— Tinha conhecimento do que eles pretendiam, como todos deveriam ter, mas nunca, nenhum deles se achegou a nós com a manifestação dessa vontade! Eles falavam às mães que nos punham a par dos desejos deles, mas que viriam aqui, hoje, não sabíamos.

Um outro, nesse momento, lembrou:

— É o respeito e a consideração que têm pelo senhor, papai, que os fez agir assim! Compreendem que os problemas e desejos são sempre expostos ao senhor, primeiro, e quiseram fazer o mesmo!

— Tem razão! - considerou outro. - Foi isso que os levou a virem hoje, enquanto estávamos reunidos!

O pai de Alfredo, voltando a falar, perguntou:

— O que o senhor pensa do que eles expuseram? Pelo que ouvi, pretende dar o seu consentimento para que partam, mas, qual o seu pensamento? Dos seus netos mais velhos, dos cinco, nenhum deseja permanecer para nos ajudar!

— Dentre os outros haverá alguns que desejarão ficar conosco, basta que os estimulem desde cedo! Quando estiverem adultos, não se afastarão! Tanto Alfredo quanto os outros não foram criados como filhos de proprietários agrícolas, mas como filhos de letrados, pelos estudos que lhes proporcionaram!

— Era justo que facilitássemos a melhor educação e instrução a nossos filhos! - redargüiu um outro.

— Agora ninguém vai segurá-los aqui! - tornou o avô. - Não tem importância! Sentir-me-ei orgulhoso da mesma forma em ter alguns de meus netos bem educados, doutores se eles quiserem!

O avô tendo assentido, ninguém mais precisaria discutir nada, a não ser os detalhes da partida e das acomodações de todos em Paris, para onde iriam conforme o exposto e decidido.

Poucos meses ainda faltavam, mas o suficiente para essas medidas. As mães estavam felizes de transformar seus filhos em verdadeiros cavalheiros, contudo a sua ausência já lhes doía no coração.

Capítulo 2

EMANCIPAÇÃO

O tempo que, impiedoso e tranqüilo, segue seu curso sem atinar com nossos receios ou ansiedades, caminhava, caminhava, deixando para trás oportunidades bem aproveitadas para alguns e perdidas para outros, porque tempo decorrido não retorna mais. O período de espera para os jovens se completou, durante o qual a preparação foi sendo efetuada, os contatos com Paris realizados, e o dia da partida chegou.

Decidido ficou que Alfredo e Mário, conforme a tendência que manifestavam, iriam para o curso de Direito. Os outros, Pierre, Jean e Renê, não haviam chegado ainda a nenhuma conclusão definitiva, mas prometeram que, em Paris, em convívio mais direto com os núcleos de cultura que a cidade detinha para todos os que por ela se interessassem, resolveriam com mais acerto.

Pierre pendia para o curso de Medicina, mas ainda não se decidira em definitivo. Os outros dois estavam felizes por partir para Paris, e, se nenhum estudo realizassem, sentir-se-iam mais felizes, mas precisariam fazer jus a sua permanência lá.

O pai de Alfredo os acompanharia, por ordem do avô, que queria ter as notícias precisas e detalhadas de como os netos ficariam instalados. Era importante, também, e a argúcia do avô fê-lo prometer, não regressar sem que todos tivessem ingressado nos cursos que pretendiam. Ele não desejava manter nenhum desocupado nem *bon vivant*, numa cidade que tanta cultura poderia lhes oferecer, mas que guardava, em si, muito em prazeres e divertimentos.

As despedidas foram realizadas e a viagem empreendida. Não tão fácil pelas circunstâncias da época e pelo distanciamento, mas de muita alegria e esperanças.

O pai de Alfredo sabia onde levá-los, pelos contatos efetuados através de informações dos familiares de outros jovens que os haviam precedido nessa empreitada cultural. Depois, com o passar do tempo, segundo as conveniências de cada um, poderiam acomodar-se em outros locais.

Afinal chegaram! Uma casa de cômodos, uma espécie de um pequeno hotel que já abrigava outros estudantes, os esperava, e uma senhora solícita, mas com a aparência de poucas condescendências, recebeu-os. O marido, um senhor mais velho, geria a parte financeira da casa e providenciava o suprimento de todos os gêneros de necessidade, junto dos que poderiam lhos oferecer por preços mais vantajosos, e, por isso, não se encontrava em casa naquele momento.

Dois quartos lhes foram reservados e a distribuição seria de acordo com a decisão deles mesmos. Alfredo e

Mário ficaram juntos, e os outros três instalaram-se em outro quarto contíguo, que facilitaria o prosseguimento da convivência amiga.

O pai de Alfredo tomou um quarto só para si, vago porque nem todos os estudantes haviam chegado, pois pretendia permanecer por pouco tempo - o suficiente para acompanhar os filhos e os sobrinhos nos primeiros contatos; efetuar as matrículas e os pagamentos, e verificar, por mais alguns dias, se era aquilo mesmo que desejavam, conforme orientação do avô. Depois retornaria, deixando-os livres para seguir suas vidas, dando-lhes o direcionamento que mais lhes aprouvesse.

Alfredo e Mário estavam satisfeitos e, em primeiro lugar, pelas tendências e certezas que traziam, foi efetuado o seu ingresso no curso tão almejado. Os outros três, ainda vacilantes, não tinham nenhuma convicção firme, a não ser Pierre que, em dois dias, reafirmou, com segurança, desejar cursar Medicina.

Enquanto isso Jean e Renê, tendo acompanhado todos os passos e providências até então, em favor dos primos, tinham, com maior intensidade, os olhos argutos nos locais por onde passavam, querendo identificá-los todos, para descobrirem onde melhor poderiam se divertir, ao invés de terem a mente aplicada nos estudos a realizar.

Ao cabo de mais três dias, o tio, insistindo porque desejava voltar, fê-los decidir, e eles, premidos pela situação, para não serem levados de volta, resolveram fazer o mesmo curso que Alfredo e Mário.

Afinal, mesmo não dispondo de tanta vontade, seria melhor ter os primos consigo, pois eles sempre lhes facilitariam, através de uma ajuda ou outra, os conhecimentos mínimos e necessários para justificar sua presença em Paris. O importante era que os dois estavam juntos no mesmo quarto e, uma fugida, à noite, para algum divertimento, seria mais fácil.

Depois dessa decisão, não havia mais necessidade da presença do pai de Alfredo em Paris. Antes de partir, reuniu os cinco e fez-lhes muitas recomendações. Falou-lhes sobre a aplicação de cada um nos estudos para que ali não permanecessem em vão, usurpando o dinheiro da família, se não correspondessem às expectativas que todos haviam colocado neles. Recomendou-lhes, também, que se cuidassem quanto à saúde e ao bom comportamento, necessário a todo jovem de bem.

Os cinco não levaram muito a sério as recomendações, por considerarem-se auto-suficientes para gerirem os próprios destinos, e, após as despedidas, ele partiu, deixando-os entregues a si mesmos.

O que fariam de suas vidas, das oportunidades que lhes estavam sendo oferecidas, só a eles mesmos competia, e a mais ninguém. Não haveria recomendação que resistisse, se desejassem fazer justamente o contrário.

A liberdade chegava-lhes, segundo os próprios anseios, mas havia também a responsabilidade, e era a ocasião de demonstrarem em que grau a tinham conquistado.

É no momento em que a possuímos que provamos a nossa capacidade de utilizá-la, sabendo desfrutar de tudo o que nos oferece, com equilíbrio e ponderação, dentro dos princípios morais que incorporamos ao nosso Espírito. Basta que façamos sublevar em nós o que fomos acumulando em experiências, através do aprendizado sadio, dos exemplos vivenciados para servirem-nos de lições.

A liberdade tanto pode se constituir um grande bem se for utilizada com responsabilidade, como um mal que leva à destruição, se ainda não soubermos o seu limite e a usarmos estouvadamente.

Os rapazes não a tinham nesse conceito e nela não pensavam conforme o exposto, mas colocavam-na, cada um, em objetivos diversificados.

Aqueles que vieram com o firme propósito de se aprimorar em conhecimento e educação, não se davam conta de que dela desfrutavam, tamanha era a identidade das suas pretensões com as realizações. Nada fariam além do que compõe a vida de qualquer jovem, mesmo junto dos familiares.

Outros, porém, colocavam-na na satisfação de prazeres, na vida fácil e desregrada do divertimento e da procura de todos os atrativos que a cidade lhes ofereceria, sem que nenhuma repressão ou freio os retivesse. Contudo, precisariam estudar, o mínimo suficiente para terem direito a ela, e não serem obrigados a voltar para junto dos pais, perdendo-a por completo. Por isso, deveriam ser comedidos na sua utilização.

Após alguns dias, Alfredo e Mário estavam deslumbrados com o conhecimento demonstrado pelos mestres, tanto no assunto do curso em si, quanto em outros que relacionavam às explicações, como ilustração e motivo para a maior fixação do que expunham. Juntamente com os esclarecimentos, recomendavam livros que ambos procuravam consultar na biblioteca da escola, sem ter que adquiri-los.

Esse comportamento era totalmente diverso do assumido por Jean e Renê, que se sentiam enfadados por tantos assuntos que não lhes interessavam, e contavam os minutos para que as aulas terminassem.

Enquanto os primos permaneciam na biblioteca, eles saíam pelas imediações, sondando locais como quem procura algo muito importante, e já haviam encontrado alguns pontos de grande interesse para as suas pretensões. Faltava-lhes apenas a oportunidade para retornar à noite, quando a cidade revelava todos os segredos que mantinha escondidos à luz do dia, sobretudo àqueles que se esgueiravam pelas ruas à procura de diversões e prazeres.

Em casa, não se aplicavam como os primos. Nunca tinham nada para organizar, consultar ou rever, porque nem anotações, durante as aulas, faziam.

Alfredo, percebendo, por diversas vezes chamou-os à atenção, oferecendo-se para orientá-los enquanto ele e Mário estudavam, mas nada estava adiantando.

— Logo chegarão as provas e se não se aplicarem, o que terão para mostrar aos professores do aprendizado realizado e do interesse demonstrado pelo curso? Vocês deverão fazer jus aos esforços de nossos pais para nos manterem aqui! Lembram-se de como ficamos felizes quando vovô consentiu na nossa vinda? Façamos, pois, a nossa parte, para que ele fique feliz conosco e continue nos apoiando! Se houver uma reprovação, talvez ele não permita mais que continuem nesta cidade!

— Nós ainda nada fizemos! Estamos esperando a reunião de todos para uma noitada de divertimentos! Vocês também pensavam neles!

— Quando nos virmos mais livres das obrigações, nos reuniremos para um passeio como desejam, mas, enquanto isso, por que não estudam?

— Eu e Renê já descobrimos lugares maravilhosos que poderão nos oferecer tudo o que desejamos! Se quiserem nos acompanhar, será um prazer, se não quiserem, iremos sós! Não vamos esperar a vontade de vocês!

— Bem, se assim é, façam como desejarem! Não digam, depois, que não foram avisados! Se vovô os proibir de continuarem aqui, não culpem ninguém, senão a si mesmos.

— Vejam Pierre! - falou-lhes Mário. - Demorou um pouco para decidir-se, mas tem se aplicado e está feliz! Esforcem-se também!

— Nós contamos com vocês para o momento das provas!

— Devem contar consigo mesmos! - considerou Alfredo. - Muitas vezes, nem desejando, podemos ajudar! Cumpram, pois, a sua obrigação!

Os cinco estudantes realizavam, assim, o que pretendiam e desejavam. Pierre estava feliz no curso e muito se aplicava. Sentia a responsabilidade da carreira que escolhera e procurava atender aos apelos dos mestres, com dedicação.

Os únicos que ainda não haviam se adequado à condição de estudantes responsáveis, eram Renê e Jean.

Algumas vezes eles convidaram os primos para conhecerem os mistérios que as noites de Paris podiam lhes revelar, mas, diante da sua recusa, eles mesmos se atiraram às ruas em busca da satisfação dos prazeres que tanto almejavam.

Mais se divertiam, mais se ausentavam, não só da companhia dos primos, como dos estudos e, freqüentemente, da sala de aulas.

Essas ausências eram bastante notadas pelos primos que os chamavam à atenção, mas eles sempre tinham uma justificativa, não se importando com as advertências. Em pouco tempo haviam gastado a importância que daria para mantê-los durante alguns meses, e as dificuldades começaram.

Cada um havia ficado responsável pelas suas contas na casa onde moravam, pelos compromissos com a escola e pela sua manutenção em geral, que o avô assim determinara com sua sabedoria. - É a forma de sabermos como cada um gerenciará sua própria vida, e se faz jus ao que lhes proporcionamos! - justificava ele, imaginando fazer o melhor para os netos e poder controlá-los, mesmo à distância. - Nenhum será responsável pelas despesas do outro! Se um não souber dar bom caminho ao de que dispõe, logo se verá, e se outro quiser ajudá-lo, terá de menos para si e não conseguirá manter-se até o fim do prazo que calculamos será suficiente o que levam. O que ajuda também será prejudicado, e não desejará perder a oportunidade que lhe está sendo dada. Quem não souber se manter, retornará para casa e trabalhará conosco, até no manuseio da terra, se necessário for, mas não permanecerá em Paris às nossas expensas! Por isso, cada um deverá pensar muito bem onde deixará seu dinheiro, se não quiser arcar com as conseqüências de seus maus atos, após.

Todos estavam bem a par desse recurso imposto pelo avô. Alfredo e Mário, percebendo que os dois primos não seguiam essas recomendações, muitas vezes fizeram-nos lembrar as palavras do avô, mas fora em vão.

Os compromissos com a moradia não estavam sendo saldados. O dono da casa, cuidadoso com a gerência financeira, chamara-os à atenção e acabou por lhes dar um prazo.

Condoídos, apesar de tudo, os outros três se reuniram, e, em sacrifício das próprias necessidades, saldaram os débitos dos dois, avisando-os de que seria a única vez. Mais não poderiam fazer, para não serem prejudicados em seus anseios e precisarem voltar, sem terem atendido ao curso para o qual haviam vindo.

Com essa iniciativa, mais algum tempo eles permaneceram tranqüilos, cumprindo as obrigações escolares com aparente dedicação, iludindo os primos de que estavam modificados. Nenhuma modificação imposta, porém, é conseguida de um momento para outro, e eles logo voltaram a se mostrar relapsos nos estudos. Continuaram a sair todas as noites, mesmo sem dinheiro, e os primos estavam curiosos para saber como faziam.

O tempo foi transcorrendo, a época dos exames chegou, mas os dois não tinham condições de mostrar nenhum conhecimento e saíram reprovados. Era tempo de regressarem aos lares para o período de férias, e Renê e Jean começaram a se preocupar, receando serem impedidos de retornar. Não desejavam ficar com os pais no trabalho rústico que realizavam, depois de terem passado um ano divertindo-se.

Com tais receios, imploraram aos primos nada revelarem. Prometiam aplicar-se bastante no ano vindouro, e, com o passar do tempo, eles mesmos contariam aos pais a infelicidade da reprovação.

Tanto pediram e rogaram que eles não tiveram como não prometer esconder a verdade. Os cinco voltaram para casa, depois de um ano de estudos e aplicação para alguns, mas de prazeres, irresponsabilidades e divertimentos para outros.

No lar, as expectativas foram grandes. Um ano sem vê-los! As mães estavam ansiosas pela saudade, e os pais, felizes por receber seus filhos, justamente por poderem lhes proporcionar uma educação mais esmerada. Entre todos, porém, quem se sentia mais ansioso era o velho avô. Não via a hora de ter os netos ao seu redor, contando o que haviam feito, como haviam se adaptado, e como os estudos estavam caminhando.

Quando eles foram recebidos pelo pai de Alfredo que se deslocara até à pequena comunidade a que pertencia a propriedade da família, para buscá-los, eles, elegantemente vestidos, à moda de Paris, nem pareciam mais os antigos moradores do local.

Juntamente com um criado que o acompanhara, acomodaram a bagagem em dois carros, e em pouco tempo estavam todos em casa, esperados também, com ansiedade, pelos irmãos que pretendiam, num futuro bem próximo, desfrutar dos mesmos privilégios. As jovens, poucas, esperavam-nos para saberem da moda em Paris, de onde vinham a maioria dos modelos.

A alegria foi geral! Ninguém, até então, havia lhes perguntado sobre os estudos, e eles sentiam-se mais à vontade, adiando, assim, o momento da mentira.

Naquela noite, para que todos desfrutassem da alegria do reencontro, o avô ordenou um grande jantar para reunir os filhos, noras e netos, sob a sua direção nas perguntas e na curiosidade, que nem sempre eram as mesmas dos outros. A diversidade de interesses ocasionou uma grande algazarra, mas de muita alegria, furtando os recém-chegados de enfrentarem o avô mais reservadamente, ajudando-os a manterem a promessa.

Dias de muita alegria e aconchego foram-lhes proporcionados, e eles, afastados de casa há tanto tempo, desfrutaram deles com muita liberdade e gosto, sabendo que logo estariam cheios de obrigações e responsabilidades.

Para Jean e Renê, as férias estavam sendo enfadonhas. Depois de um ano de prazeres, os mais diversos, em Paris, afastados dos olhos dos pais e dos do avô, terem de ficar circunscritos a um lugar tão agreste e sem atrativos, estava cansando-os.

— Pensou se tivermos de voltar para sempre? - lembrou Jean.

— E não será só para passeios como agora, mas seremos obrigados a realizar um trabalho que não me agrada em nada! - respondeu, pensativo, Renê.

— Precisamos estudar bastante, do contrário, não permaneceremos em Paris por muito tempo!

— Eu não suporto os estudos! Não consigo concentrar-me nas explicações dos professores, nem me ater aos livros, conforme fazem nossos primos, quando tantos prazeres nos esperam! Paris é uma cidade de muitos atrativos e encantos! É impossível não aproveitá-los todos!

— Tem razão e eu sinto-me como você, mas corremos o risco de não permanecer lá. Só voltaremos porque os primos não revelaram a verdade!

— Quando papai e vovô souberem, ficarão enraivecidos com eles também!

— Pelo menos tentamos e, se não houver outro jeito, já aproveitamos o que pudemos!

Capítulo 3

IMPREVIDÊNCIA

Completadas as férias, o retorno era uma certeza!

Outro ano estaria à disposição dos jovens, para o aprimoramento da sua educação, o refinamento social e, mais que isso, para a aquisição de conhecimentos aos que se empenhavam nos estudos, e para o desfrutar dos prazeres que a cidade podia oferecer aos que não conseguiam ver nela as oportunidades de um futuro bem mais feliz.

O equilíbrio era difícil, mas necessário, e os rapazes novamente se encontravam instalados na mesma casa do ano anterior, reservada para não perderem tempo em novas procuras.

O ano escolar recomeçou e as esperanças se renovaram. O entusiasmo retornou mais esfuziante porque progrediam. Para Renê e Jean, contudo, foi um sacrifício atender à freqüência às aulas, apesar das recomendações dos primos. Uma outra oportunidade lhes estava sendo proporcionada, mas, se não a aproveitassem, não haveria mais segredos entre eles. Estava em suas mãos a possibilidade de permanecer ou retornar.

Mesmo tendo prometido aplicação e assiduidade, era-lhes difícil cumprir a promessa. Era o início do ano, e, recém-chegados de casa, traziam, fornecida pelos pais, uma importância considerável em dinheiro que os manteria por alguns meses, sem terem que recorrer a eles novamente. Bastava apenas que fossem equilibrados e parcimoniosos nos gastos, para ficarem tranqüilos por um bom tempo.

Entretanto o dinheiro, em mãos que não sabem fazê-lo conservar-se, é uma tentação muito grande e oblitera o raciocínio dos seus portadores, anulando-lhes qualquer pensamento que os leve mais além do momento presente.

Dessa forma, logo deram pouca importância às aulas, e, sem que os primos soubessem, começaram a sair à noite. Freqüentavam lugares que haviam conhecido apenas com o passar dos meses do ano transcorrido, quando já não mais podiam desfrutar do que ofereciam, pela falta de dinheiro. Naquele começo de ano, porém, enquanto tinham os bolsos recheados, não deixariam que esses locais os esperassem por mais tempo.

A primeira vez que entraram num deles, ficaram deslumbrados. Muito luxo era visto em todos os cantos. Além da decoração do teto, das paredes, do ambiente em geral, tinha, como enfeite vivo, as mais belas jovens que os encantaram.

Ah, essa era a vida que desejavam! Como permanecer num lugar tão parco de luxo e prazeres, convivendo apenas com os familiares, quando dispunham, ali mesmo, do que desejassem para o seu regozijo? O preço era alto, mas justo!

Qualquer uma das freqüentadoras valia o mais alto preço, e eles pagariam para tê-las consigo por algumas horas...

Como freqüentar lugar tão deslumbrante, tão estimulante da luxúria, apenas uma vez, se ali, naquele ambiente, tiveram as vontades ainda mais aguçadas para o prazer? Era impossível não retornar sempre!

Na sua ingenuidade e insensatez, voltaram muitas vezes, deixando, em cada uma delas, uma importância em dinheiro que daria para sustentá-los em Paris por um mês ou mais.

Cada um deles havia elegido para sua companhia constante, uma jovem bela mas exigente, sobretudo quando percebeu que traziam dinheiro.

Ingênuos e inexperientes, logo se apaixonaram por elas, não admitindo que nenhum outro homem se aproximasse. Eram suas companhias exclusivas, e elas se deixaram levar enquanto o dinheiro existia.

Contudo, o dinheiro que não é reposto e não tem retorno, logo se acaba. Ao final de alguns dias, eles viram-se sem nada, mas não podiam passar sem elas, tão apaixonados e deslumbrados estavam. Percebendo a real situação, as duas não iriam perder seu tempo com quem não podia lhes oferecer mais nada além do amor, no qual não estavam interessadas, por trazerem outros sentimentos e intenções.

Uma noite, ao entrarem naquela casa de divertimentos, os irmãos encontraram-nas em outros braços, não tão jovens quanto os deles, mas os que têm uma idade dos que já conquistaram não só experiência de vida como também uma solidez de fortuna, e se irritaram profundamente.

Imaginando que elas lhes pertencessem, achegaramse, desejando tirar satisfações, mas as jovens, talvez acostumadas com aquele tipo de reação, não lhes deram importância e agiram como se não os conhecessem.

Mais exasperados ainda, os dois partiram para a agressão física e investiram contra seus acompanhantes, com muita fúria. O inesperado da situação pegou-os desprevenidos e eles sofreram, sem conseguir reagir, um ataque muito intenso, sob a gritaria de outros freqüentadores da casa. E até que a polícia comparecesse, um deles estava estendido no chão, sendo pisoteado, esvaindo-se em sangue por um ferimento na cabeça.

Quando os policiais chegaram, retiraram-nos à força daquele ambiente, levando-os presos, enquanto socorros médicos eram providenciados para atender os dois cavalheiros.

Jamais Renê e Jean supuseram tal situação. Não conseguindo controlar seus ímpetos, não se lembraram de nada nem de ninguém, mas apenas de si mesmos, do seu orgulho ferido. Não estavam habituados a conviver com aquele tipo de pessoas, e, sentindo-se ofendidos no orgulho e no egoísmo dos sentimentos descontrolados que abrigavam, partiram para a agressão, como se, por ela, conquistassem de volta a atenção das jovens.

A polícia foi chamada pela própria guarda do local, acostumada a que vez por outra algum jovem mais intrépido cometia os mesmos arroubos. Os agressores foram levados para a prisão, e de lá não sairiam enquanto não se tivesse notícia da gravidade das condições físicas dos dois cavalheiros. Na confusão, ninguém saberia dizer quem apanhou de quem, e assim ambos eram responsáveis pelo que ocorresse.

Proporcionados os socorros necessários aos feridos, verificou-se que um deles havia sido agredido fortemente na cabeça. Sem que ninguém conseguisse explicar o que ocasionara ferimento tão grave, se o pisotear ou a queda, a verdade era que ele se encontrava num estado lamentável de inconsciência, com grave risco de vida.

A manhã chegou desanuviando as brumas, todos começaram suas atividades e os rapazes não retornaram para casa.

Os primos não imaginaram o que poderia ter havido, mas logo concluíram que deveriam ter saído para algum divertimento que se prolongara pelas horas, e logo retornariam.

Não podendo esperar mais, partiram para suas obrigações de estudantes, sem maiores preocupações além das que lhes mostravam que os primos haviam tido uma recaída e não cumpriram o prometido.

As atividades escolares terminaram, eles retornaram para casa, mas os dois não haviam chegado ainda.

— Isto não é natural! - exclamou Alfredo. - Deve ter acontecido alguma coisa!

— O que poderia ter acontecido? Nós os conhecemos bem e sabemos que não conseguiriam cumprir suas promessas! - aduziu Mário.

— Estaremos implicados com nossos familiares, se algum ato mais grave cometeram ou sofreram, porque lhes omitimos a verdade!

— Não podemos ser responsáveis por quem não atende aos nossos conselhos!

Aquele dia encerrou-se e eles não voltaram. Não tendo como avisar os primos, os imprevidentes esperavam ser soltos logo a seguir, retornando com alguma desculpa, mas, com o passar das horas, mais a situação piorava.

O cavalheiro que ficara em piores condições, no início da noite, não resistindo aos traumatismos sofridos, veio a falecer. O outro recompunha-se, pois não apresentava maior gravidade.

Quando a notícia lhes foi dada, de forma irônica e sarcástica, levaram as mãos à cabeça, sentindo o agravamento do problema.

— Precisamos mandar avisar nossos primos! - exclamou, desesperado, Jean.

— Eles devem estar preocupados conosco! Nunca ficamos tanto tempo fora de casa! - completou Renê.

Chamando um dos guardas que fazia a vigilância constante, andando diante das celas de lá para cá e de cá para lá, Jean indagou:

— Como faremos para mandar avisar nossos familiares?

— Ah, desejam um mensageiro? - perguntou cinicamente o guarda.

— Precisamos avisar nossos primos para que tomem alguma providência a nosso favor!

— Que providência seria essa? Gostariam que eles viessem para libertá-los? Pois fiquem sabendo que aqui não é hotel e não temos mensageiros para recadinhos! Vocês mataram um homem e feriram outro, arquem com as conseqüências!

— Mas temos direito de avisar nossos familiares!

— Os presos, aqui, não têm direito algum! Fiquem quietos e esperem! Terão todo o tempo para isso!

Desesperados, viram que nada conseguiriam e nada

mais pediram. Aguardariam alguma outra oportunidade, não saberiam quando nem como, e mandariam avisar os primos. Quem sabe eles poderiam arranjar-lhes um bom advogado que lhes libertasse daquele lugar horrível, sem que seus pais, principalmente seu avô, soubesse.

Dois dias mais de aflição e desespero para os primos, transcorreram, durante os quais eles não tiveram nenhuma notícia. Procuraram-nos por diversos lugares, indagaram, deram suas características, mas, em nenhum dos locais visitados os dois haviam sido vistos.

No terceiro dia, ao entardecer, procurados por alguém, cuja presença consideraram estranha, foram avisados de que um capelão desejava lhes falar.

Com visível ansiedade, foram ao seu encontro, e ele, cuidadoso, pediu para ser recebido no quarto dos jovens, pois o assunto que trazia era delicado. Lá, narrou toda a desgraça que havia envolvido os dois rapazes.

Como era de seu hábito, explicou ele, passava pela prisão para levar o conforto da palavra de Deus aos detentos, e se deparara com os dois jovens, em estado de desespero interior, mas numa profunda prostração, pois viam-se isolados. Sem poder avisá-los, pediram-lhe que o fizesse, a fim de que lhes providenciassem alguma ajuda para retirá-los de lá. Eram acusados de um crime que não tiveram a intenção de cometer, resultado de uma briga, segundo o que haviam afirmado.

Mário e Alfredo ouviram atônitos e com muita atenção todo o relato, o qual, mais tarde, deram conhecimento a Pierre, mas não sabiam o que fazer.

O próprio capelão, habituado àquele tipo de problema, aconselhou-os a que fossem visitá-los, tomando ciência de toda a situação e se informassem a respeito de como poderiam auxiliá-los. Adiantou-lhes, contudo, que não seria fácil retirá-los de lá, pois houvera um crime no qual um homem perdera a vida e os julgadores se mostrariam implacáveis. Recomendou-lhes, ainda, que fossem providenciando um advogado para orientá-los, acompanhando todo o processo, advertindo-os, também, de que seria impossível tomarem todas essas providências sem que a família fosse avisada.

A contratação de um causídico envolveria muitos gastos. E a importância que possuíam para se manterem como estudantes, por mais sacrifícios fizessem, não seria suficiente.

Como estudavam leis, foram aconselhados a que procurassem, entre seus mestres, o melhor aconselhamento, pensando na possibilidade de um deles ajudá-los com seus serviços, sem muitos honorários.

Dadas todas as informações e orientações, o capelão retirou-se, deixando os rapazes sem saber qual a atitude mais urgente a ser tomada. - Visitá-los na prisão, àquela hora, seria impossível! Fazê-lo logo pela manhã, havia as aulas, facilitando-lhes a comunicação com algum professor para orientá-los, cuja oportunidade não poderiam perder.

Desse modo, os três decidiram ir imediatamente após, levando-lhes alguma esperança para lhes amenizar a dor que deveriam estar sentindo.

Durante aquela noite, tantos pensamentos ocuparam suas mentes, e a maioria os levavam aos familiares. De que forma receberiam uma notícia tão trágica? Que reação teriam? Dispor-se-iam a ajudá-los ou, revoltados, deixá-los-iam amargar por si mesmos tanta imprevidência? Até eles seriam alvos de repreensão, por terem concordado em esconder a reprovação dos primos e o descaso nos estudos. E o avô? Ah, esse seria impiedoso! Não admitia falta de caráter nem desonestidade, e, talvez, não permitisse ao filho ajudar os netos.

Todo esse drama seriam obrigados a viver nos próximos dias. Seria impossível não lhes comunicar a verdade, diante da gravidade da situação.

Vez por outra um fazia pequeno comentário com o outro, em decorrência das lembranças e do receio, e nenhum deles conseguiu dormir. Pierre não se sentiu em condições de ficar em seu quarto e passou a noite com os primos, em pensamentos e reflexões, envolvidos todos por uma profunda angústia.

Afinal, o dia amanheceu! Nunca haviam passado uma noite tão longa! Parecia-lhes que, durante cada pensamento formulado, o relógio parava para apreciar-lhes a aflição, estendendo suas horas muito além do que era normal.

Pela manhã, mais cansados que no final de um dia de muita atividade, os jovens se prepararam para promover algum auxílio em favor dos primos.

Mário e Alfredo foram para suas aulas, assim como Pierre, que nada poderia fazer naquele caso. Faltava-lhe contato com alguém que pudesse ajudar com um bom aconselhamento e orientação, indicando algum causídico capaz, ou dispondo-se, ele mesmo, a se encarregar da causa.

Depois das aulas, todo o caso foi exposto a um professor mais acessível e cordato, e ele, sabendo de quem se tratava, pois tinha-os como alunos relapsos nos estudos e não assíduos às aulas, não se admirou muito, fazendo alguns comentários.

— Paris sempre deslumbra aqueles que não têm convicção do que querem nem vontade firme para ser alguém de respeito. As facilidades, as ilusões e os prazeres os atraem de tal forma, que, por eles, tudo deixam perder, ainda mais quando incluem mulheres nos seus prazeres. Porém, o mal já está feito, e, por uma vida de ilusão, amargam, agora, a realidade de um cárcere, trazendo a responsabilidade de ter tirado a vida de um homem!

— O senhor poderia nos ajudar de alguma forma?

— Não é de meu hábito trabalhar com esse tipo de problema, mas, em consideração, não a eles, mas a vocês, veremos o que se pode fazer!

— O senhor supõe que possamos enfrentar essa situação sozinhos, sem comunicar a seus pais, nossos tios?

— Nada deve ser oculto! Não sabemos até onde esse caso deverá chegar, ainda mais se a família do morto for importante e fizer questão de justiça!

— O que diremos aos nossos primos? Nós vamos, agora, em visita aos dois!

— Falem-lhes francamente! O caso não é fácil! Para um crime de morte há leis e eles deverão ir a julgamento! Falem também que os pais precisam estar a par, até para ajudá-los!

— Nosso erro foi ter escondido de nossos tios, o insucesso de ambos nos estudos, no ano passado!

— Eles nos fizeram prometer que nada diríamos e nós concordamos. Hoje, tudo se complicou!

— Podem ir, conversem com eles, e amanhã, tragam-me novas notícias! Eu os ajudarei, como disse, por vocês e não por eles!

— Nós lhe seremos gratos, sempre, professor!

Quando os dois primos foram introduzidos no corredor das celas, a visão que tiveram os surpreendeu profundamente.

Renê e Jean, desde que haviam saído de casa, estavam com a mesma roupa, amassada e suja, a barba de alguns dias por fazer, os cabelos em desalinho e até curvados lhes pareceu que estavam.

Críticas, reprimendas, não adiantariam mais, porém, alguma advertência deveria ser feita. Alfredo, sempre o mais franco, chamou-os à atenção por não terem cumprido o que prometeram, colocando-os, também, em situação difícil perante os pais.

Depois de ouvirem sem dizer uma palavra, por reconhecerem que estavam com a razão, Jean sobressaltou-se ao ouvir o nome dos pais, exclamando:

— Vocês não pretendem mandar avisar papai?

— Não há outro jeito! Eles deverão saber! Talvez precisemos de muito dinheiro para retirá-los daqui!

— Falamos com o professor Michel, que, por nós, dispôs-se a ajudá-los, mas não nos referimos a honorários! Vocês sabem que todos os nossos professores são muito requisitados pela capacidade que têm!

— Eu não suportaria ter papai aqui, vendo-nos nesta situação!

— Deveriam ter pensado nisso antes! Não adiantaram conselhos, advertências, nem a oportunidade que lhes demos! - falou Alfredo.

— Nós os ajudaremos a se libertarem, mas terão que ir a julgamento. - continuou Mário. - Um homem perdeu a vida. Não nos peçam, porém, para escondermos mais nada!

— Se não tivéssemos sido cordatos e revelado como conduziram os estudos e a sua vida, no ano passado, talvez tivéssemos evitado vê-los nesta situação tão deprimente! - completou Alfredo

Eles abaixaram a cabeça e nada disseram. Passados alguns minutos, Renê perguntou-lhes quando mandariam avisar os pais.

— Vou pensar na melhor forma de fazê-lo, mas terá que ser rapidamente! - explicou Alfredo.

— Posso pedir um favor para evitar maiores sofrimentos aos nossos?

— O que deseja?

— Como seu pai veio conosco, no ano passado, e tomou as providências para nos instalar, mande chamá-lo, dizendo que estamos com um problema que precisa da sua ajuda para resolvê-lo! Assim, só ele tomará ciência do que houve! Se achar conveniente, depois ele mesmo contará aos outros, mas, se puder evitar, será melhor para todos que não devem sofrer pelo que fizemos, muito menos vovô que nos deu permissão para vir.

— Acho uma idéia muito boa! - exclamaram os dois.

— Vamos pensar em tudo o que nos disse e resolveremos o que fazer. Amanhã voltaremos!

Capítulo 4

PRIMEIRAS MEDIDAS

Os dois jovens deixaram a prisão penalizados por encontrar os primos naquele estado. - Degradação física pela aparência que traziam, degradação moral pelo ato praticado.

Eles se esforçariam para ajudá-los, mas, diante da justiça humana regida por leis, a ajuda vai até certo ponto, porque a lei se cumpre.

Nem sempre as leis humanas são perfeitas nem justas. Mas é necessário que existam como um freio repressor e controlador das ações humanas, sobretudo quando ainda se desconhecem as leis divinas que, se seguidas fossem, as humanas poderiam ser dispensadas.

Ninguém desejaria nem faria mal a nenhum semelhante, mas o auxiliaria nas necessidades que as leis humanas não escrevem, e a humanidade seria feliz. Cada um cuidaria de si, das próprias ações, auxiliando o próximo. Jamais levaria o prejuízo a quem quer que fosse, principalmente quando envolvesse a vida humana com o direito de cada um, outorgado pelo Pai divino, de viver, de aprender, de progredir.

No entanto, os jovens a que nos referimos estavam longe de ter tais conhecimentos, ainda mais quando os arroubos próprios da juventude inconseqüente, comandavam-lhes as ações.

O que Alfredo e Mário fariam, era difícil prever. A situação era delicada, grave e aflitiva, e, talvez, em meio a tanta inconseqüência, a idéia de mandarem chamar somente o tio, fosse a melhor. Por que deveriam alarmar a todos?

Assim pensando, Alfredo decidiu enviar, naquele mesmo dia, em caráter de urgência, um telegrama a seu pai, chamando-o, ao mesmo tempo tranqüilizando-o, para que os outros familiares não se preocupassem. Alegaria um problema de moradia, pedindo a sua presença com a maior urgência para ajudá-los a resolver.

Poucos telegramas chegavam àquela família, e, à vista de um, o sobressalto envolvia a todos, que sempre pensavam no pior. O velho tinha uma filha morando longe e raramente os visitava. Às vezes eram telegramas relativos a negócios com firmas com as quais mantinham interesses, mas aquele era diferente. Provinha dos jovens de Paris e fora o primeiro a ser enviado, portanto deveria ser atendido. - Se assim procederam, era porque sua presença era necessária, concluiu o pai de Alfredo.

O velho avô, tendo conhecimento da solicitação e da decisão do filho de atendê-los, assim se expressou:

— Eles não são homens que estão desejando se libertar e cuidar de si mesmos? Por que não resolvem seus problemas de moradia? Se não estão satisfeitos onde estão, que procurem outro local que atenda os seus anseios, mas que o façam sozinhos!

— O senhor tem razão, papai! Mas é muito bom que assim procedam! Significa que ainda consideram a nossa opinião e acatam a nossa ajuda! Enquanto os tivermos assim, pode ter a certeza de que serão pessoas de bem e ligadas à família. Amanhã bem cedo partirei para Paris, e, à noite, estarei entre eles. Não sei quando voltarei! Não sei quanto tempo me tomará a resolução do problema que estão vivendo. Eles têm suas obrigações, não podem perder aulas, e uma ajuda nossa lhes será oportuna e benéfica!

Na noite seguinte ele batia à porta do quarto dos filhos, sendo recebido com alegria.

— Então, o que houve? Estão desejando se mudar ou o senhorio pediu que desocupassem o quarto?

— Infelizmente, papai, a sua presença, aqui, é para resolver problema mais grave! Não podia revelar no telegrama para não afligir os nossos, mas não há nenhum problema referente à moradia.

— O que houve, então? Você me assusta! Que problema grave é esse?

— Trata-se de Renê e Jean!

— Que aconteceu com eles? Estão doentes ou fizeram alguma?

— Ponha-se à vontade que lhe contaremos tudo! O assunto é longo e, com certeza, o senhor ainda nem jantou!

— Não se incomodem comigo e contem-me logo o que houve! Depois comerei alguma coisa, se ainda restar vontade! O que fizeram eles ou o que lhes fizeram?

Com calma, procurando imprimir a cada palavra o significado adequado dentro da situação, Alfredo narrou ao pai o que acontecera com os rapazes, começando por revelar a mentira que haviam sustentado no ano anterior, a pedido deles, e terminando com o crime cometido e a prisão.

A cada palavra ele mais se surpreendia, sem nada dizer, porém, ao término da narrativa, exclamou:

– Se vovô souber, não resistirá! Ele não admite desonestidade nem mentiras e, ter dois netos como Renê e Jean, o abalaria sobremaneira.

– Pensando nele e em todos os outros, foi que decidimos falar ao senhor, primeiro, colocando em suas mãos esse problema.

O que poderia ser feito numa situação daquelas? Por mais desejassem vê-los fora da prisão, libertos e felizes, seria impossível! Um julgamento deveria haver, e, antes dele, nada poderia ser feito, a não ser promover recursos para uma boa defesa.

Que defesa, porém, por melhor que seja, pode ir contra a evidência dos fatos?

Os bons advogados têm seus argumentos! - poderão alegar.

Mas que argumento devolveria a vida àquele que a perdeu?

Tudo lhes parecia irremediável, e a situação era deveras grave.

Não se tinham ainda notícias da família da vítima, e não se sabia o que promoveriam para condenar quem lhe tirara a vida.

De qualquer forma, o tio dos rapazes fora chamado e

alguma providência seria tomada. Os filhos contaram-lhe que haviam conversado com um professor que, por eles, se dispusera a fazer a defesa.

Ele entendeu, então, que deveria procurá-lo para saber em que bases faria o seu trabalho, e combinar os honorários. Fosse quanto fosse, estava disposto a pagar!

Depois de uma noite mal dormida no quarto dos sobrinhos detentos, pela manhã, ele acompanhou os filhos para tentar uma entrevista com o advogado. Conforme imaginava, o professor não pôde atendê-lo, mas pediu que fosse, à tarde, à sua casa, onde mantinha um escritório, e lá, conversariam com calma.

Alfredo considerou a medida muito boa e recomendou ao pai que visitasse Jean e Renê, enquanto eles estivessem ocupados com as aulas. Lá se inteiraria, através deles mesmos, do que ocorrera naquela noite e do que vinha ocorrendo antes, para culminar com o ato fatídico.

Quando teve permissão para a visita e adentrou o extenso corredor de celas, seu coração se confrangeu. Como seus sobrinhos, criados com tantos cuidados e carinhos, puderam ter vindo parar num local daqueles, por motivo tão execrável?

Olhando atentamente, afinal viu os dois em uma delas, sujos, cabisbaixos e calados, sentados em suas camas com os colchões sem lençóis.

Percebendo que alguém chegara, eles ergueram a cabeça, e, ao se depararem com o tio, tiveram, como num gesto sincronizado, a reação de taparem o rosto com as mãos, como se, por ele, se livrassem da responsabilidade e da vergonha.

— É muito triste vê-los num lugar desses, mas é onde

quase sempre acaba quem não sabe se utilizar da liberdade que lhe foi concedida! - expressou-se ele, chamando-os para se aproximarem das grades.

Vagarosamente os dois se ergueram e chegaram até ele, envergonhados.

— Não tivemos culpa, titio! - exclamou Jean.

— Tudo foi resultado de uma briga e nunca tivemos a intenção de matar ninguém! - explicou Renê.

— Com intenção ou não, não agiam bem pelo que vinham fazendo! E, numa briga, nunca se sabe os resultados!

— O senhor já tomou conhecimento de tudo? - indagou Renê.

— Com todos os detalhes e decepcionei-me muito!

— Não tivemos culpa! - repetiram em uníssono.

— Se não se sentem culpados do crime, o que têm a dizer da vida que estavam levando? Perderam o ano que passou e impediram os primos de revelarem a verdade, com receio de se verem privados das atrações de Paris. Se nada tivessem escondido, hoje não estariam aqui!

— O senhor não vai nos ajudar? - indagou ansioso um deles.

— Por mais pretenda, por mais esforços faça, as suas responsabilidades são muitas e os seus antecedentes lhes são desfavoráveis!

— Alfredo e Mário disseram-nos que conversaram com um professor que se dispôs a nos ajudar!

— Hoje à tarde terei uma entrevista com ele e veremos o que se pode fazer!

— Ele não poderia nos tirar daqui até o julgamento?

— É impossível! Nem sabemos para quando será

marcado! Talvez ainda fiquem presos por muito tempo, isto na hipótese de serem considerados inocentes, o que não é verdade, ou se o advogado for bastante habilidoso para descobrir alguma atenuante.

— Ninguém em casa ficou sabendo?

— Por enquanto, não! Mas até quando vamos esconder? Não podemos prever o rumo dos acontecimentos, e, se forem condenados, todos terão de saber!

— Vovô não nos perdoará!

— Ele morrerá de desgosto! É exigente quanto às atitudes e ao caráter dos seus, o que vocês revelaram não possuir!

Os dois abaixaram a cabeça e nada mais disseram. O tio, despedindo-se, disse-lhes antes de se retirar:

— É lamentável vê-los aqui, mas é o local para onde vêm aqueles que não pensam nas conseqüências dos seus atos e vivem apenas buscando prazeres.

À hora determinada, o pai e os dois filhos estavam diante da residência do advogado.

Uma leve batida à porta da casa foi ouvida no seu interior, e uma jovem bonita, com os cabelos dourados e os olhos azuis, demonstrando alegria e delicadeza de atitudes, veio abrir. Ao saber que eram esperados pelo pai, conduziu-os ao seu escritório.

O momento era de preocupação e uma certa ansiedade, mas aquele rosto sereno e belo, trazendo a alegria marota de uma criança, não ficou despercebido dos jovens.

Assim que ela, levando-os até o pai, pediu licença e retirou-se, Alfredo e Mário, ao mesmo tempo, não puderam evitar de acompanhá-la com o olhar até que desaparecesse no interior da casa.

Eles também chamaram a atenção da filha do advogado professor, e, não obstante o pouco tempo em que se viram, um deles tocou-lhe mais de perto o coração.

Não era de seu hábito, que para isso fora instruída, ficar nas imediações da sala onde o pai atendia os clientes.

— O meu trabalho é sempre muito particular. Envolve problemas de outras pessoas e que não devem fazer parte das suas preocupações! - recomendava-lhe ele.

Quando os clientes chegavam, ela recebia-os, encaminhava-os e retirava-se em seguida. Nem a porta do escritório precisava ser fechada, porque ninguém permanecia por perto.

Entretanto, para ela, naquele dia, fora diferente. Gostaria de estar parada à porta, olhando para eles, mais particularmente para aquele que lhe chamara a atenção, mas não podia.

O pai, contudo, não poderia evitar que ela ficasse à espreita, mesmo distante, para esperá-los sair e vê-lo mais uma vez.

A conversa prolongou-se por bem mais de uma hora. O caso foi exposto com detalhes, e o advogado pôde também transmitir-lhes algumas informações do que havia mandado investigar.

Ele soubera que o homem assassinado pertencia a uma família bastante considerada em Paris, pela fortuna que conseguira acumular. Nunca se casara, preferindo viver dos prazeres que o dinheiro abundante lhe facilitava, mas possuía alguns irmãos que dele dependiam na administração dos bens de família. Todos trabalhavam, mas o que fora morto era o administrador geral, o que tinha o controle de tudo pela argúcia, liderança e tino administrativo. Contou também que ainda não tivera os detalhes do que os familiares pretendiam, porém, com certeza, removeriam céus e terras para condenar os inconseqüentes que retiraram da vida um ente tão querido de todos e muito respeitado.

Mais os primos e o pai se preocuparam, todavia estavam diante de um causídico de renome e confiavam.

Pelo que foi combinado, o preço seria alto, embora ele afirmasse estar sendo condescendente em consideração aos bons alunos que possuía, mas o caso não era fácil. Na cidade havia excelentes advogados e a família faria tudo para deixar os jovens na prisão.

Ao cabo de quase duas horas, os três se despediram e deixaram a sala do causídico, procurando a saída. Mal haviam transposto a porta do escritório, a jovem surgiu, não sabiam de onde, e, chegando-se com os olhos fixos em Alfredo, correu solícita a abrir-lhes a porta, sem nada dizer. Eles despediram-se, momento em que os olhos dos dois, cujo brilho, diríamos, partia da alma de cada um deles, se cruzaram mais profundamente.

Impressionados, retiraram-se e ela entrou, indo direto ao gabinete do pai ver se colhia algumas informações.

— Quem eram, papai?

— Clientes, deve saber disso!

— Sei que eram clientes, mas quem eram, o que houve para procurá-los?

— Por que esse interesse?

— Apenas curiosidade!

— Os jovens são meus alunos e o senhor, pai de ambos é tio de dois outros alunos meus também, mas relapsos, que cometeram um crime e estão presos. A família, preocupada, deseja ajudá-los!

– Que crime foi esse?

– Nada que diga respeito a uma jovem bonita e de família como você!

– Ah, papai, gostaria de saber!

– Outra hora lhe conto! Deixe-me, agora, que preciso pensar numa forma de libertá-los no julgamento, ou de amenizar-lhes a pena, caso sejam condenados.

– Quando será o julgamento?

– Ainda não foi marcado! O crime deu-se há poucos dias!

– Quando o senhor souber a data, avise-me!

– Para quê? Qual o seu interesse nesse caso?

– Nenhum! Contudo, gostaria de saber se os seus clientes voltarão aqui!

– Com certeza! Precisaremos conversar muitas vezes!

– Ainda bem!

– O que é isso? O que houve?

– Nada, papai, nada! - exclamou ela, e, saltitante, deixou a sala, depois de dar-lhe um beijo.

Enquanto a curiosidade e a inquietação tomava conta da filha do advogado, os rapazes, em companhia do pai, já bem afastados, comentavam o que puderam entender de toda conversa.

– Vejo, a cada minuto, a situação dos meus sobrinhos, muito mais difícil!

– Até agora não sabíamos a origem do homem assassinado, mas vemos que a família se empenhará para condená-los! - disse Alfredo.

– Nosso professor é muito eficiente e nos considera!

- interveio Mário. - Ele fará todos os esforços que a sua capacidade e influência permitirem!

— Além dos bons honorários que lhe devemos pagar!...

— Mesmo assim, papai - tornou Alfredo - é uma felicidade tê-lo à frente deste caso!

— Não nos resta mais nada senão aguardar! As providências que poderia tomar, já as tomei. Não poderei ficar aqui até o julgamento, que não sabemos para quando será marcado!

— Pelo que prevemos, não será breve!

— Pois então! Devo voltar e tranqüilizar vovô e seus tios, que se preocuparam com o telegrama!

— Mas eles estão crentes de que se trata da nossa moradia! - voltou a falar Mário.

— E eu farei tudo para mantê-los à parte desse desgosto tão grande!

— Não seria melhor contar-lhes logo, papai? - redargüiu Alfredo. - Lembre-se de que mentimos em relação a eles, no final do ano passado, pensando ajudá-los, e só complicamos suas vidas!

— Agora, nada mais farão. Assim pouparei vovô e seus pais desse desgosto.

— Se forem condenados, o que é quase certo, não poderá esconder mais! - disse Alfredo.

— Pelo menos até lá evitarei que sofram sem nada poderem fazer!

— Talvez seja o certo, mas, quando souberem, se voltarão contra o senhor!

— Todos me respeitam e compreenderão a minha atitude! Eu voltarei amanhã mesmo, mas vocês continuarão os contatos com seu professor e com Jean e Renê. Ajudem-nos em tudo o que lhes for permitido e mantenham-me informados. Eu direi que vocês se mudaram para uma pensão de maior conforto e tudo o que me informarem, façam-no como se estivessem se referindo à moradia! Se disserem que não estão satisfeitos, que não está dando certo, entenderei que devo voltar para novas providências. Se tudo estiver caminhando devidamente, falem que estão se sentindo bem!

— É uma boa estratégia! - exclamou Mário.

— E se marcarem o julgamento, como faremos? - indagou Alfredo.

— Aí me passarão um telegrama dizendo que o senhorio precisa falar com o responsável por vocês!

— O senhor é muito astuto! - falou Alfredo, admirado da capacidade do pai.

— Preciso evitar, a todo custo, que eles saibam! Se os dois tiverem a felicidade de sair livres, levá-los-ei de volta, como se os estudos os tivessem aborrecendo e eles mesmos desejado retornar.

— O senhor deve saber melhor que nós, como agir! Entendemos bem e faremos exatamente como nos determinou.

— Não vai voltar a visitá-los?

— Desta vez, não! É-me penoso vê-los naquele local em condições tão tristes!

— Eles devem estar arrependidos de tudo o que fizeram pela vida que estavam levando.

— Liberdade demais, sem controle e sem freios, só poderia dar no que deu! Se todos esses acontecimentos servirem para modificá-los no futuro, ainda tem um lado benéfico - muito amargo, mas benéfico!

Ao chegarem a casa, as conversas e conjeturas prosseguiram até a hora do repouso. Os dois jovens, Alfredo e Mário, no silêncio da noite e no aconchego do travesseiro, voltaram seus pensamentos para a filha do causídico, e neles se demoraram felizes, até conciliarem o sono.

Logo pela manhã, antes de saírem para as aulas, despediram-se do pai que partiria em seguida, levando muita tristeza, preocupações e poucas esperanças.

O advogado começou a tomar suas providências. Entrou em contato, uma vez, com os jovens detentos para um acerto de detalhes importantes para o julgamento, e o processo começou a correr de ambos os lados. Um empenhando-se para defender, e o outro fazendo todos os esforços para condenar.

A habilidade das duas partes teria que ser grande, e o mais capaz venceria. Não podemos nos esquecer, contudo, de que o lado onde estavam os criminosos já entrava para o julgamento como perdedor, pelas próprias circunstâncias em que a imprevidência os colocara.

Capítulo 5

DOIS JULGAMENTOS

O pai de Alfredo cumprira o prometido e, no lar, junto do pai e dos irmãos, não demonstrou a mais leve preocupação, mas seu coração estava confrangido e aflito.

De volta ao seu lugar de origem, onde os filhos e os sobrinhos haviam nascido e sido criados, a sua tristeza foi maior. Tão crianças eram até bem pouco tempo e agora, dois deles encontravam-se em uma prisão, culpados de um crime de morte.

O que representara para eles a vida em família, os ensinamentos recebidos, e, muito mais, os exemplos que sempre tiveram, não só dos pais e dos tios, mas sobretudo do avô, um homem rígido em seus princípios morais?

Não haviam sido criados todos, dentro desses mesmos princípios, todos com o carinho dos familiares que lhes proporcionaram as mesmas oportunidades?

Por que seus filhos estavam se mostrando

probos e responsáveis, e os outros dois, insanos e inconseqüentes?

Todas essas indagações não tinham respostas para ele. Nem mesmo com a esposa fez o menor comentário, com receio de se traírem a cada instante.

Ele não compreendia, por mais que refletisse e se indagasse, que malgrado os exemplos, a educação e os esforços dos pais e educadores, nem todos os assimilam da mesma forma.

Cada um traz, ao renascer no corpo físico, um cabedal de experiências anteriores, nem sempre felizes, nem sempre com todas as falhas superadas. Não obstante sejam preparados e até prometam fazer o melhor, esforçando-se para cumprir um planejamento de vida que lhes proporcione o progresso do Espírito, em aqui na Terra estando, não conseguem fugir de antigas tendências. Ao menor apelo, à mais ínfima oportunidade que lhes surja como prova, não resistem, deixam-nas se sublevarem e se perdem novamente. Quando assim acontece é porque não haviam conseguido ainda incorporar, de forma definitiva e insofismável, ao Espírito, as qualidades que sabem, lhes seriam benéficas.

Foi o que ocorreu com Renê e Jean, ao se depararem com um centro que muito podia lhes oferecer.

Entre os cinco, entretanto, houve os que se limitaram a retirar dele os benefícios que podia lhes proporcionar, e neles se aplicavam com amor e dedicação. Os outros, vendo-se diante de tantas oportunidades, preferiram esquecer as que lhes enriqueceriam o Espírito com o saber, desenvolvendo-lhes cada vez mais a inteligência, em favor das que lhes davam prazer aos sentidos e, por suas próprias características, as mais perigosas.

Aqueles que ignoram a sublimidade das boas ações, da correção de caráter e de tudo o que compõe uma vida honesta e íntegra e de bastante proveito ao Espírito, deixam-se levar apenas pela satisfação dos sentidos.

Infelizmente para os que assim procedem, os compromissos farão parte de seus Espíritos, em vez do aprimoramento. Pelos prazeres fugazes e momentâneos, esquecem-se do que é eterno e perene para a sua evolução espiritual.

Aqueles que agiam corretamente, procurando estudar, preparando o futuro, traziam, incorporado ao Espírito, o desejo de vencer e progredir. Todo esforço, todo exemplo de vida digna lhes tocava o coração, impelindo-os à conquista do que pretendiam. Os outros, porém, embora desfrutando das mesmas oportunidades, desprezaram as boas e embrenharam-se nas infelizes. Comprometeram-se e de forma muito mais grave diante de Deus, porque o compromisso envolveu a interceptação das oportunidades de vida de um semelhante, irmão diante desse Pai que tanto nos ama.

Contudo, o mal já havia sido praticado e as conseqüências viriam. Perante os homens haveria um julgamento e, conforme a habilidade do defensor ou da acusação, eles teriam o destino traçado a partir daquela data.

Mas, e diante de Deus? Nenhum julgamento precisaria ser realizado, nenhum causídico tomaria a defesa ou a acusação, porque Deus, na Sua sabedoria e amor, não acusa nem perdoa. Ele deixa que cada um, quando tiver condições, faça seu julgamento. E esse é o mais cruel de todos. O causídico que o acusa ou o defende é a própria consciência, e ela o faz durante as vinte e quatro horas do dia, tirando-lhe a paz, fazendo-o sentir, com toda a profundidade, a responsabilidade de seu ato. Ninguém paga débitos dentro de uma prisão com grades que lhe impeçam o deambular com liberdade, porque a prisão está colocada dentro de si mesmo e se chama consciência, detendo-o nas suas ações, acusando-o o tempo todo, tirando-lhe a paz. E nada há a fazer, por mais se queira dela fugir. Mesmo que momentaneamente esteja adormecida, de repente ela desperta e seu julgamento é implacável e impiedoso.

Alguns dias transcorreram e nada mudou na situação dos jovens detentos. Nenhuma notícia chegava de Paris e o pai de Alfredo inquietava-se. Conforme o combinado, porém, compreendia que não deveria haver novidade, e era melhor nada mandarem que pudesse deixar transparecer algum indício de que estaria havendo problemas.

Freqüentemente, Alfredo, Mário e Pierre visitavam os primos, e cada vez deixavam a prisão mais penalizados. Com o passar do tempo, as condições de ambos demonstravam a verdade do que enfrentavam. Não pareciam mais aqueles cavalheiros bem apessoados, limpos e arrumados com o esmero de outrora. A prisão os transformara. Restava saber se alguma transformação interior estava acontecendo, concomitantemente com a aparência.

Nunca eles aparentavam irritação ou arrependimento, apenas afirmavam e reafirmavam que nada fora planejado. Era uma pequena atenuante que teriam no julgamento, mas significava pouco diante da vida que fora perdida em suas mãos.

Para os familiares do morto, para os advogados de acusação, pouco importava se eles tiveram intenção, se haviam premeditado ou não, o crime. O que importava era a perda da vida de um ente muito querido.

No silêncio do íntimo de cada um, e até entre eles mesmos, muitas ocasiões houve para comentários.

A reflexão, para os que nada têm a fazer, é inevitável, e o arrependimento, às vezes, uma conseqüência. Eles pensavam no caminho perigoso no qual haviam se embrenhado, mas, se não gostavam dos estudos, se estavam diante de tantas oportunidades de gozarem a vida com alegria e sem tantas responsabilidades, o que poderiam ter feito? O mal fora terem se apaixonado, ingenuamente, por quem não se deixava levar por esse sentimento, procurando apenas extorquir dos clientes o mais que pudessem em dinheiro ou em presentes valiosos, sem nunca comprometerem o coração com ninguém. Trabalhavam como se não o possuíssem mais, tão nulificados tinham os sentimentos. Mas eles nada perceberam e interpretaram mal, pela ingenuidade e inexperiência, a atenção que elas lhes dispensavam.

Agora nada mais interessava e eles mesmos não saberiam avaliar se, libertos, diante de uma situação semelhante, haviam adquirido o traquejo e a insensibilidade para enfrentá-la.

Dois meses transcorreram e apenas uma carta Alfredo escreveu ao pai, dizendo que estavam estudando bastante e sentindo-se muito bem na nova casa onde moravam. Porém o senhorio, constantemente perguntava por ele, e, talvez, logo o chamasse para tratarem de assunto concernente a aluguéis ou coisas similares. No momento certo ele passaria um telegrama, chamando-o.

Ao cabo de dois meses de espera para os jovens, e de preparação por parte dos causídicos e da corte que promoveria o julgamento, a data foi marcada dentro do prazo de quinze dias, completando-se dois meses e meio de prisão para os dois.

Nos termos em que haviam combinado, foi enviado o telegrama, para estranheza de todos os familiares. Mas o pai de Alfredo soube como dar explicações, afirmando que ficara um contrato relativo à moradia deles, em pendência, e chegara a hora de assiná-lo. Ele já esperava o chamado.

Para sua surpresa, os pais de Renê e Jean manifestaram desejo de acompanhá-lo para visitar os filhos, e ele viu-se em complicação para convencê-los do contrário.

No dia aprazado, os dois prisioneiros foram preparados. Roupas limpas foram solicitadas, e eles, que nunca haviam se barbeado durante esse período, tiveram de fazê-lo. Ao término da preparação, não fosse o estado de depauperação física em que se encontravam, ninguém diria que estiveram presos por tanto tempo.

O pai de Alfredo chegou com dois dias de antecedência, teve uma entrevista com o advogado de defesa, tomando ciência de que seria muito difícil libertá-los. Ele tinha conhecimento de tudo o que a acusação preparava e se esforçaria bastante, mas queria preveni-lo para não ter tantas esperanças.

As duas jovens, causa do crime, haviam sido arroladas como testemunhas, ocasião em que eles as conheceriam, e os dois promotores da briga as veriam novamente. E, talvez, com outros pensamentos, entenderiam que nada valera a pena.

Até a filha do advogado estava ansiosa pelo julgamento, mas com propósitos diferentes. O seu desejo era rever Alfredo. Ele permanecera no seu pensamento e adentrava o seu coração, mas ela nunca mais tivera oportunidade de vê-lo. Qualquer trato com seu pai, a respeito dos primos, era efetuado após as aulas, sem necessidade de voltar à sua casa, o que ela também lamentava. Contudo, não seria daquela vez que o veria. O pai proibira-a de comparecer, dizendo que lá não era o seu lugar, nem atividade para ela assistir. Que se preocupasse com alguma festa para ter alegria e não com julgamento onde tratavam de assuntos dos quais ela deveria ficar afastada.

O advogado não compreendia que não era o julgamento que lhe interessava, mas sim, um reencontro com aquele que lhe tocara o coração, mas nada poderia dizer.

A hora de tanta importância chegou.

Foi permitido que as pessoas mais diretamente ligadas ao caso, tanto aos réus quanto ao morto, assistissem ao julgamento e, de ambas as partes, compareceram algumas.

Ninguém conhecia ninguém, mas os olhares eram trocados. Parecia que até os familiares dos acusados que lá estavam para levar-lhes um pouco mais de confiança, eram culpados também, pela hostilidade com que eram vistos pelo lado contrário.

Quando os dois jovens foram introduzidos na sala, deu aos primos e ao tio, únicos presentes relacionados com eles, a impressão de que os parentes da vítima desejavam fulminá-los com seu ódio, antes mesmo do julgamento.

Os espectadores não eram muitos nem o momento

requeria. Mas a sessão se desenrolava dentro de todas as normas e itens prescritos por lei e, tanto a defesa quanto a acusação, teriam o mesmo direito. Deveriam mostrar sua habilidade, em atenuantes e em agravantes, conforme a intenção de cada parte.

Iniciada a sessão, foram rememorados, à guisa de avivar memórias e atualizar as ocorrências, todos os detalhes que compuseram o acontecimento. Ao término foi permitida a palavra aos advogados, primeiro ao de defesa, que se mostrou brilhante em seus argumentos para inocentar ou mesmo diminuir a culpa dos jovens, dando-lhes bastante esperanças.

A surpresa, porém viria depois, na pessoa do advogado de acusação, que pintou o caso com tintas, as mais negras, argumentando com segurança e destreza, colocando os rapazes, diante do juiz, em situação muito difícil.

Todas as atenuantes colocadas pela defesa foram anuladas pelos seus argumentos, afirmando que nada fora ocasional. E, mesmo que tivesse sido, um homem perdera a vida nas mãos de jovens incautos e inconseqüentes. Eles não deveriam ficar impunes, para que seu exemplo não começasse a ser seguido por aqueles que não pensam no que fazem e ficam brincando com a vida humana, apenas porque se viram prejudicados no objeto de seu prazer.

Tanto falou, tanto argumentou com segurança e eficácia, que as esperanças dos réus se desvaneceram.

Por ocasião do inquérito com as testemunhas, ainda foi pior. Qual a testemunha que poderia argumentar a favor de criminosos, diante de uma cena clara e bem explícita para quem a presenciou, viu os homens tombarem e um deles ser morto?

Até o que se salvara fora testemunha. E, apesar de não ter tido um conhecimento anterior com a vítima, narrou em detalhes o sucedido, desde a hora em que os acusados haviam chegado àquele recinto, e nada lhes atenuava a culpa. Era fora de dúvida que lá não estiveram com a intenção de matá-los, pois nem sabiam se encontrariam as jovens em companhia de alguém. Mas, quem freqüenta tais lugares, deveria saber que neles o amor não conta e deve ser evitado, para que o prazer não seja prejudicado.

As duas, pivôs do acontecido, também deram seu depoimento, e, como nenhuma delas tinha compromisso com ninguém, os mesmos fatos foram repetidos, sem que nada lhes fosse acrescentado nem omitido.

Tanto a defesa quanto a acusação inquiriram as testemunhas, e, ao final, depois de encerradas todas as declarações, foi pedido ao júri que se reunisse para decidir sobre a sentença.

Os primos de Renê e Jean, seu tio e eles mesmos passaram aqueles instantes em oração, pedindo a Deus que os auxiliasse, mas, quando o júri retornou, a condenação não pôde ser evitada.

Foi como se uma grande punhalada fosse enterrada no coração dos jovens e de seus familiares, com o mesmo punhal que era retirado do dos familiares da vítima, aliviando-os do desejo de vingança, levando cada um, um sorriso nos lábios. Era como se somente a desforra lhes interessasse naquele momento, tendo até esquecido do ente querido que lhes faltava.

A sentença dada pelo juiz, foi igual aos dois. No momento, ambos participaram com igual intensidade de fúria, e ninguém, nem mesmo eles, saberiam dizer quem teria ocasionado aquela morte.

Terminada a sessão, cada um trazia, ressoando nos ouvidos, as palavras - cinco anos... cinco anos... - repetidas vezes, como se uma eternidade de desesperanças os aguardassem durante aquele período vindouro, que nem sabiam se teriam condições de suportar.

Impacto semelhante sofreu o pai de Alfredo, não obstante prevenido de que o caso seria difícil, mas sua preocupação era outra. - Revelar aos familiares dos dois, sobretudo ao avô, o que havia acontecido, e onde eles se encontrariam pelos próximos cinco longos anos.

Entretanto, e os jovens? Renê e Jean tão chocados ficaram que não pronunciaram uma palavra sequer. Com certeza, vendo os primos em liberdade, teriam muito para pensar no que eles mesmos procuraram, desprezando conselhos e advertências. - Tempo para isso, teriam e muito!...

Encerrava-se, por cinco anos, qualquer oportunidade, tanto as que lhes foram facilitadas para o aprimoramento de si mesmos, em educação e cultura, quanto as que eles próprios se outorgaram para desfrutarem dos prazeres que seus sentidos requeriam.

Muita solidão e tristeza os esperava. Se já conheciam o que era uma prisão pelo tempo em que haviam permanecido presos, nada seria como até então.

Antes havia a esperança e nenhum tempo limitado. Depois do julgamento, no entanto, tudo ficava consumado. Nenhuma esperança mais haveria! Restava-lhes apenas cumprir a determinação da lei, sem nenhuma apelação ou rebeldia.

Foi-lhes permitido, antes de serem levados de volta à prisão, um encontro com os parentes. Os primos e o tio, assim que a sessão foi encerrada, e eles, retirados sob uma guarda mais reforçada e segura, foram ter com os dois.

Se ambos nunca haviam chorado, depois de adultos, se não conheciam o que eram lágrimas de dor e arrependimento, naquele momento, não foi possível reprimi-las. Quais duas crianças que se vêem impedidas de deambular, como castigo de alguma arte realizada, choraram copiosamente ao serem abraçados pelos primos.

O tio estava também muito comovido. Todos haviam sido criados juntos e com o mesmo amor, como se irmãos fossem e filhos de todos, que nenhum fazia diferença entre os filhos e os sobrinhos.

Querendo consolá-los e dar a si mesmo a certeza de que fizera todo empenho em libertá-los, o pai de Alfredo manifestou-se:

— Fizemos todo o possível! O advogado esforçou-se bastante, como vocês viram, mas as evidências eram muitas!

— O depoimento das jovens e o do outro senhor agredido foram de uma importância decisiva para o juiz! - completou Alfredo.

Os dois não conseguiram pronunciar nenhuma palavra e nada mais pôde ser comentado, pois a guarda avisou que a entrevista estava encerrada.

Após abraços de despedida, muito constrangedores diante de tanta tristeza, eles foram retirados da presença dos familiares e levados.

Os primos e o tio foram informados de que eles

passariam, a partir daquele momento, para uma prisão de maior segurança, onde permaneciam os já julgados.

Acabrunhado e pensativo, o pai de Alfredo convidou os filhos para se retirarem, e, fora daquele ambiente, manifestou a sua preocupação:

— Não sei como fazer quando voltar para casa! O que dizer a seus pais, a vovô?

— Se a verdade não tivesse sido escondida, agora não teria esse problema! - lembrou Alfredo.

— Tê-lo-ia tido antes e levado a todos maior sofrimento!

— Eles poderão acusá-lo de esconder a verdade! - exclamou Mário.

— Fiz com a melhor das intenções, justamente para evitar maiores sofrimentos. Todos me respeitam e sabem que fizemos o melhor que pudemos! Eles entenderão!

— Mas sofrerão muito!

— Nós também estamos sofrendo! Consideramos a todos como filhos! Eu sofro por eles, assim como seus pais sofreriam se tivesse acontecido com vocês!

— Talvez devêssemos ter sido mais rigorosos com eles! - voltou a falar Alfredo.

— Não se esqueça, filho, de que, quando se tem um objetivo como o deles, nenhum conselho ou advertência adiantam, ainda mais quando os apelos da juventude se fazem sentir com intensidade, e não se consegue substituí-los por atividades mais sublimes!

— Fizemos o que pudemos e nos envolvemos também, acobertando-os. Esse deve ter sido o nosso erro! - tornou a lembrar Alfredo, demonstrando arrependimento por se considerar conivente com uma ação que só lhes trouxe prejuízos.

— Agora não adiantam lamentações! Vocês quiseram proporcionar-lhes novas oportunidades e eles prometeram modificar-se! Não se culpem de nada! Cada um é responsável pelo que faz! Bem orientados eles vieram, porém, deslumbraram-se com a cidade e retiraram dela, não o que podia oferecer-lhes em oportunidades salutares, mas em prazer, e deu no que deu! Eles têm muito tempo para refletir, agora! Se, ao cabo desses cinco anos, eles, que ainda são jovens, tiverem compreendido o mal que fizeram a si próprios e se modificado, alguma coisa, pelo menos, terá valido a pena!

Na pensão dos rapazes, o pai de Alfredo, que só partiria na manhã seguinte, resolveu que não deveria mais manter um quarto só para Pierre. Os três poderiam ficar juntos, dispensando o outro e reduzindo as despesas.

Os três concordaram e Pierre ficou mais contente. Não desejava ficar só no quarto, facilitando as lembranças tristes. Na verdade, ele era o mais ocupado deles e quase sempre voltava para casa somente à noite. Logo, pelo desenrolar do curso, muitas noites teria que permanecer em atendimento a pacientes, auxiliando os médicos já graduados e aumentando a possibilidade de aprendizado.

Capítulo 6

A VERDADE

A manhã, embora tenha se feito esperar bastante pelas preocupações e pensamentos, mostrou as claridades, e o pai de Alfredo estava rumando para o seu lar.

A ansiedade por chegar, quando se ausentava, era sempre muito grande, porém, naquele dia, gostaria de que o percurso fosse muito mais longo, retardando momento tão triste e desagradável.

Contudo, por mais desejemos, nada se transforma nem se afasta do seu curso natural, e, no final da tarde, ele entrava em casa.

Todos perguntavam pelos rapazes, tanto as mães quanto os pais e os irmãos, e ele respondia que estavam bem.

Nada deveria antecipar! Entretanto, para que a sua angústia não perdurasse até o dia seguinte, avisou aos irmãos, que, após o jantar, gostaria de reuni-los para falar sobre sua viagem e dar maiores notícias dos rapazes.

— Onde nos reuniremos? - indagou um deles.

— Aqui mesmo nesta casa, em presença de papai que também gosta de notícias! Tragam suas esposas, que falarei sobre seus filhos!

Tão natural e espontâneo esforçou-se para se mostrar, que ninguém poderia imaginar o que ele tinha para revelar. Infelizmente, pensava o pai de Alfredo, eu me aliviarei deste peso, apesar da tristeza que sinto, mas levarei a todos muito desgosto. Todavia, não posso evitar.

Após o jantar, os que moravam nas imediações começaram a chegar com as esposas e alguns dos jovens que pretendiam seguir o exemplo dos irmãos e primos.

O pai de Jean e Renê, bastante arguto, preocupou-se, comentando com a esposa ao chegar a casa:

— Por diversas vezes meu irmão foi a Paris em atendimento às necessidades dos nossos que lá estão, e nunca procedeu como agora! Deve ter havido alguma!

— Não precisa se preocupar! - tranqüilizou-o a esposa. - É natural que hoje tenha tido esse procedimento, assim conta as novidades a todos, falando uma só vez!

— Queira Deus você tenha razão!

Quando todos estavam reunidos diante do avô, sempre muito participante, percebendo a presença dos jovens, o que convocara a reunião, considerou:

— Não sei se devo falar em presença das crianças!

Um de seus irmãos, o que se preocupara, logo indagou:

— O que tem a contar que elas não possam ouvir? Não disse que eram apenas notícias dos nossos filhos?

— Pois são notícias deles!

— Então fale logo! - voltou a manifestar-se o mesmo irmão. - Seja o que for, eles devem saber para irem se acostumando às dificuldades de morar longe da família! Não nos faça esperar mais!

— Está bem, eu falarei!

Começando a narrativa pelo chamado de Alfredo, ele foi, aos poucos, contando o acontecimento do ano anterior e a preocupação dos primos por terem mentido.

Interrompendo-o, o pai de Renê e Jean, um tanto irado exclamou:

— Então meus filhos não se saíram bem nos estudos e os outros pactuaram com eles, enganando-nos?

— Eles prometeram modificar-se este ano! Imploraram nova chance e os primos viram-se na obrigação de atendê-los, mas hoje se arrependem!

— Se se arrependem, é porque os dois não cumpriram a promessa! - interferiu o avô.

— Justamente, papai! Com o dinheiro que levaram para as despesas de alguns meses, como o senhor nos aconselhou, eles logo se mostraram relapsos nos estudos. Começaram a se divertir à noite, saindo às escondidas dos primos. Passaram a freqüentar casas de prazeres, cujo preço era alto e logo o dinheiro acabou.

— Por isso você foi chamado? Para lhes dar mais dinheiro? - indagou a mãe dos jovens.

— Assim fosse só por isso! Ingenuamente eles se apaixonaram pelas mulheres que lhes faziam companhia enquanto possuíam dinheiro, mas, quando acabou, elas se passaram para outros que poderiam lhes oferecer mais. Revoltados e inconformados, eles partiram para a briga, durante a qual um deles foi muito ferido por Jean e Renê e veio a falecer.

A mãe começou a chorar e o pai, indignado, exigiu

que ele prosseguisse rapidamente.

— O que aconteceu com meus filhos, diga logo?

— Eles foram presos, por isso fui chamado há quase três meses!

— E você nada nos disse?! Tínhamos o direito de saber, são nossos filhos! - exclamou bastante enraivecido, o irmão.

— Queria evitar desgostos!

— Se nos conta agora é porque a situação piorou!

— Tem razão! Eu pensei que eles pudessem sair livres e quis poupar-lhes tanta dor. Mas o julgamento foi ontem, e, infelizmente, apesar de ter contratado um excelente advogado, não pudemos evitar a condenação!

A mãe que já chorava muito, chegou ao desespero. As cunhadas, ao seu redor, tentavam consolá-la, mas era em vão.

— Quero ver meus filhos! - exclamava ela em pranto.

— Não acha que tínhamos o direito de saber de todos esses acontecimentos? - voltou a falar o pai dos rapazes, visivelmente irritado.

— Eu sei que tinham, mas se eu conseguisse evitar esse desgosto, não seria muito melhor! Fiz com a mais pura das intenções!

— Você fala assim porque não são seus filhos!

Os jovens estavam boquiabertos e mudos. A situação era triste e constrangedora, e ninguém notou, de pronto, que o avô passava mal. Sua filha, contudo, percebendo, alarmou-se, alarmando os outros.

— Papai está passando mal! - gritou aflita.

Todos se acercaram do velho, ela trouxe-lhe um

calmante e um outro medicamento com o qual ele estava habituado para ocasiões de maior nervosismo, e, aos poucos, foi se refazendo.

Os que nada tinham diretamente com aqueles fatos, depois de conseguirem acalmar a mãe dos dois e o avô, acharam por bem recolher-se.

Um novo dia surgiria, e, talvez, a visão tão triste daquela situação, lhes aparentasse menos negra.

Assim que Renê e Jean foram retirados do local onde receberam a sentença, foi-lhes avisado que seriam levados a outra prisão. Não mais aquela onde permaneciam os que esperavam por julgamento, ou praticavam faltas mais leves que os isentasse de tal procedimento, mas para uma onde ficavam os criminosos condenados como eles.

Para ambos, depois de terem perdido as esperanças de liberdade, tanto fazia. Qualquer lugar lhes era indiferente. Por isso, ao serem notificados, nenhum dos dois expressou a mais leve alegria ou tristeza.

O único sentimento que ainda permanecera durante esses poucos meses, fora a esperança, mas, depois da sentença, nem essa mais eles abrigavam.

O que não lhes foi comunicado, entretanto, era que não permaneceriam juntos. Não teriam mais o conforto da convivência fraterna, nem a conversa trazendo as lembranças dos familiares e dos tempos felizes e despreocupados da infância.

Os presos, para onde seriam levados, eram tratados com menor consideração ainda, pela guarda, porque eram criminosos julgados e, na visão deles, não mereciam respeito. Se eram culpados, como culpados deveriam ser tratados.

Quando os dois adentraram o longo corredor de celas, o guarda abriu uma delas onde já havia dois presos, e empurrou para dentro um deles, sem escolha nem indagação. O outro, cabisbaixo, ao pretender seguir o irmão, foi impedido e levado a outra, onde permaneceria, também, com mais dois detentos.

A roupa que os vestira para o julgamento lhes foi retirada, e outras mais rústicas, mais simples, e iguais a de todos os que passavam por semelhante condição, lhes foram dadas.

Renê, o primeiro a se ver recluso sem o irmão, começou a indagar por que haviam sido separados. Tanto ele aborreceu, que obteve como resposta que ali ninguém tinha desejos nem vontades. Cabia-lhe apenas obedecer sem reclamar e sem indagar, e que se desse por feliz por não ter passado por castigos físicos; entretanto, se não calasse a boca, não seria poupado.

Estava assim selado o destino dos dois para os próximos cinco anos, - os mais negros que se lhes podia apresentar, depois de tantas esperanças e anseios por uma vida fácil de diversões e prazeres.

Entre os primos, a consternação acompanhou-os por muito tempo. Alfredo e Mário tiveram a oportunidade de conversar com o advogado, seu professor e defensor dos dois, que lhes explicou:

— Diante da evidência dos fatos, agravada com a declaração das três testemunhas chaves, uma absolvição seria muito difícil.

Nada mais haveria a fazer, senão continuarem suas vidas, aplicando-se, estudando e guardando, para si próprios, o exemplo dos primos.

E aos condenados, cabia apenas esperar. Em cinco anos estariam libertos para recomeçar uma nova vida. Tempo para pensar, teriam bastante, e sofrimentos para passar, durante os cinco anos de reclusão, com certeza também teriam muitos.

Na prisão onde se encontravam, o sistema de visitas era diferente. Limitava-se a um dia por semana, durante uma hora e não mais.

A primeira vez que esse dia chegou, os primos foram visitá-los e mais se entristeceram por vê-los separados. Os dois perguntaram pelos familiares, desejando saber o que o tio pretendia fazer em relação a seus pais e ao avô, e foram informados de que, diante da atual situação, nada mais poderia ser escondido. Não seria possível manter uma mentira por cinco anos, inventando desculpas pela ausência de ambos. Já haviam tido como amargo exemplo a primeira mentira, ponto de partida para todo o mal que lhes acontecera.

Na semana seguinte, no dia de visitas, os dois tiveram uma surpresa agradável, não obstante em meio a muito constrangimento, tristeza e vergonha.

Assim que seus pais se sentiram mais calmos e dispostos a enfrentar a difícil situação de ver os filhos reclusos, num ambiente onde só permanecem aqueles que não sabem se portar em sociedade e se mostram perigosos se ficarem em liberdade, partiram para visitá-los. Esqueciam-se de que, embora bem criados e orientados, eles também se apresentavam à sociedade como dois elementos nocivos.

Sem saber que as visitas eram restritas a determinados dias, chegaram a Paris com certa antecedência. Por mais houvessem rogado, não lhes foi permitido antecipar nenhum encontro.

O pai de Alfredo e Mário, não obstante estivesse sendo olhado pelo irmão como alguém que o traíra, ofereceu-se para acompanhá-los, pois possuía mais trato com a cidade. Depois de pensar, o irmão resolveu aceitar. De nada adiantaria guardar ressentimento contra aquele que, afinal, havia se empenhado para ajudar seus filhos, e tinha agido conforme lhe parecera melhor.

Os três ficaram hospedados na mesma casa onde os jovens moravam. O mesmo quarto dispensado, mesmo colocado à disposição para novos hóspedes, ainda se encontrava desocupado. Nele instalaram o casal, e o pai de Alfredo e Mário, solicitando mais uma cama, ficou com os filhos.

A ansiedade da mãe dos rapazes era grande. Sem conseguir entrar para vê-los, ela sentia necessidade de, diariamente, ficar à frente da prisão. Não sabia explicar se para se aliviar ou para sofrer mais. Era como se, mesmo do lado de fora, sem que eles soubessem da sua presença, levasse-lhes o seu carinho materno.

Após alguns poucos dias que, apesar da ansiedade, serviram para que eles fossem se preparando emocionalmente, a hora da visita chegou.

Os primos preferiram não acompanhá-los para deixar o tempo todo para os pais, e assim também procedeu o tio que entraria um pouco mais tarde.

Quando eles foram trazidos, a comoção foi muito grande de ambas as partes. Os filhos, envergonhados, não se atreviam a abraçá-los. A mãe, porém, saudosa e triste por vê-los num local de tanta degradação, abraçou-se a eles e chorou muito.

Não adiantariam reprimendas nem demonstrações de revolta. Eles precisavam de mostras de amor, e esse ela o demonstrou em profusão aos dois, cada um a sua vez.

O pai, entretanto, embora consternado e também comovido, não conseguiu esconder sua decepção.

Depois de mais calmos, ele prosseguiu falando aos filhos, não mais demonstrando irritação, mas à guisa de aconselhamento:

— Vocês foram muito inocentes, filhos! Não foi assim que os criamos! É certo que onde moramos, o centro é pequeno e as possibilidades limitadas, porém, tudo tem seu tempo. A vida nos espera com boas oportunidades, mas também exige muito de nós! Não adianta querermos abarcar e desfrutar do que nos deslumbra, como se vivêssemos o nosso último dia e não houvesse o amanhã. Embora nele não pensemos, chega e nos abre os olhos para o que fizemos. Nem sempre, quando os temos abertos, ficamos felizes com o que vemos atrás de nós, construído por nós mesmos. Isto quando a ruína que provocamos não haja sido tão intensa e profunda para malbaratar todo o resto de nossas vidas. Nada há melhor que vivermos de modo comedido e equilibrado, desfrutando dos prazeres que a vida possa nos oferecer, mas que não os convertamos em nosso objetivo primeiro, como se nada mais existisse. Nós não somos independentes, vivemos interligados uns aos outros! Primeiro à família, depois ao pequeno círculo que nos recebe, até que nós mesmos, pelas nossas possibilidades e esforço, ampliamos o nosso meio de interação. Não podemos pensar só em nós, mas devemos considerar aqueles que convivem conosco, desfrutando das mesmas possibilidades, porque também merecem respeito.

Fazendo pequena pausa, indagou aos filhos:

— Compreendem o que estou querendo dizer?

Nenhum dos dois levantou a cabeça para nenhuma resposta, mas cada palavra penetrava-lhes fundo na alma, e ele prosseguiu:

— Veja, filhos, em que situação se encontram! Estamos infelizes por vê-los aqui, pelo que fizeram, e vocês também o estão. Tão jovens e com tantas condições de desfrutarem a vida com liberdade, sabendo retirar dela não só o prazer, mas todas as experiências e oportunidades de crescerem diante de Deus e de si mesmos, vêem-se tolhidos, reclusos, sem nada poderem fazer a não ser pensar. Que utilizem esse tempo em que aqui estiverem, para nosso desgosto e tristeza, em favor de si mesmos! Pensem, pensem muito, em tudo o que fizeram, em tudo o que poderiam estar fazendo se tivessem tido outro comportamento, e aproveitem essa reflexão para irem se modificando. O tempo, para quem está recluso, é longo mas passa! Vocês ainda são jovens, e, ao saírem daqui, terão novas oportunidades. Mas que elas sejam todas aproveitadas para o bem, para refazerem suas vidas nas bases que sempre lhes ensinamos. E que esse período, não obstante muito triste, possa lhes valer de alguma coisa. Pensem em tudo o que lhes disse, filhos! Nós os amamos e queremos o melhor para vocês, e nos dói vê-los aqui!

Quando faltavam ainda poucos minutos para o tempo da visita terminar, o tio entrou para também abraçar os sobrinhos.

As despedidas foram efetuadas com muita emoção,

sobretudo por parte da mãe dos dois. Os familiares retiraram-se, e eles foram levados de volta para as celas, onde amargariam, por longos cinco anos, alguns momentos de inexperiência, ingenuidade, mas de imprevidência e insanidade.

Capítulo 7

REENCONTRO

Na cela, o aconselhamento do pai foi lembrado muitas e muitas vezes, pelas condições que tinham de refletir no quanto haviam errado. Conduziram suas vidas por um caminho que só lhes trouxera amarguras, e muitas ainda deveria lhes trazer, porque o tempo que seriam obrigados a permanecer reclusos, apenas começava.

Cinco longos anos se lhes descortinavam à frente, negros, espinhosos e de profunda tristeza. Por desejarem viver as sensações do prazer em toda a plenitude, se veriam privados até de sentir o calor do sol e ver sua luz brilhante e aquecedora para o frio que traziam não só no corpo, mas em toda a alma.

A desesperança invadia seus corações. O quanto desejavam estar sentados em uma sala de aula, diante de um professor, recolhendo seus ensinamentos e, após, seguirem com os primos para casa, refazerem o que fora aprendido, ampliarem e fixarem os conhecimentos através do estudo e das leituras. Como ansiavam conviver com eles dentro da responsabilidade que lhes cabia, tendo o calor da amizade que sempre dispensaram um ao outro, sem falar do amor fraterno que os unia, como se todos fossem irmãos!

Dessa forma, acordando todas as manhãs, alimentando-se mal e vendo passar as horas; dormindo à noite e novamente acordando para um novo dia sem expectativas de nada, os dias foram passando, os meses transcorrendo... Vez por outra um companheiro de cela era substituído por ganhar a liberdade, e outro era trazido, ocasião em que a monotonia era quebrada pelo conhecimento que tomavam das ocorrências fora daquelas grades. Assim, com a inutilidade dos dias, com a visita constante dos primos, no início e mais esporádica com o passar do tempo, os anos foram se sucedendo, e, não fosse a juventude vigorosa que possuíam pela criação que tiveram, não teriam resistido.

Ao aproximar-se, porém, a época em que a liberdade lhes seria devolvida, uma esperança nova invadia, aos poucos, seus corações, e eles, apesar dessas expectativas, estavam temerosos.

Nem conversar um com o outro para se consolar com as recordações e se animar com a liberdade que chegava, eles podiam. Mal se viam, quando eram levados para alguma visita que sempre era comum aos dois, mas nada além disso.

Fora daquele ambiente sombrio de desesperanças e tristezas, os três primos aplicavam-se nos estudos, cumprindo suas obrigações. Mário e Alfredo logo concluiriam seus cursos e já pensavam no desempenho da profissão para a qual se preparavam.

Muitas dúvidas tomavam suas preocupações, e eles não sabiam, ainda, onde se instalar para trabalhar.

Voltar para junto dos familiares, seria regredir no tempo e não utilizar o que haviam aprendido e para o qual estavam sendo habilitados. Não que a companhia dos familiares não lhes agradasse, pelo contrário, ansiavam sempre por ela, por rever os lugares onde haviam sido tão felizes nas despreocupações infantis. Mas, em relação à profissão, nada poderiam fazer, mesmo fixando-se na pequena comunidade à qual pertencia a propriedade da família.

Era pensamento dos dois, embora não o tivessem ainda manifestado francamente aos pais, permanecerem em Paris. Abrir, os dois juntos, um escritório onde pudessem trabalhar e continuar em contato com os livros e com toda a cultura que a cidade poderia lhes oferecer.

Eles destacavam-se no curso, e, em razão do estreitamento maior de amizade que haviam conseguido com o senhor Michel, professor defensor dos primos, sempre se aconselhavam com ele, que não via, para ambos, fora de Paris, oportunidade de maiores progressos.

Certa vez o professor, percebendo o interesse dos jovens em se decidirem quanto ao futuro, e vendo em ambos profissionais capazes de desenvolverem um bom trabalho depois de formados, convidou-os para irem à sua casa, compreendendo que, longe dos familiares, lhes era difícil decidir. Poderiam conversar mais longa e amigavelmente, ocasião em que os faria ver com mais vagar e detalhes, as vantagens de permanecerem em Paris.

Os dois, felizes, lembraram-se da filha do causídico, que nunca mais viram e de quem nunca tiveram notícia.

Estaria ela ainda solteira, depois de passados cerca de quase quatro anos? Seria impossível, mas também não tinham intimidade suficiente que lhes permitisse perguntar.

No dia e hora combinados, os dois dirigiram-se à casa do senhor Michel, levando o grande desejo de receberem orientação correta e precisa, quanto à carreira, mas não podiam negar, sem que um dissesse ao outro, que seus corações também estavam felizes e desejosos de rever a jovem.

Mais ansiosos que o natural, bateram à porta da casa e, para sua surpresa, ela foi aberta pela filha dele, um tanto mais amadurecida e mais bela, muito mais mulher que aquela jovem marota de há poucos anos.

O pai avisara-a da visita dos rapazes, com quem tinha, então, laços de amizade. No entanto, como não se tratava de nenhuma consulta privada para nenhum caso especial, mas apenas de uma conversa de esclarecimento e orientação profissional, informou-a de que não os receberia no escritório. Que ela os conduzisse à sala de visitas, pois como tais deveriam ser recebidos.

Bastante feliz porque Alfredo nunca saíra de sua mente, e se como visitas seriam tratados, ela disse ao pai que lhes levaria, pessoalmente, um licor, oportunidade em que, se ele não se opusesse, gostaria de lhes ser apresentada. Já os conhecera há tempos quando o haviam procurado como profissional, mas nenhuma palavra fora trocada.

Segundo a orientação recebida, à chegada dos dois, ela conduziu-os à sala de visitas, dizendo que iria avisar o pai.

Antes que se retirasse, Alfredo não resistiu ao desejo

de perguntar se ela se encontrava bem, dizendo lembrar-se dela quando, há poucos anos, haviam procurado seu pai como clientes.

— Eu também me lembro dos senhores! - revelou ela, um tanto tímida mas feliz.

— Se não considerar atrevimento, diria que está ainda mais bonita que naquela ocasião! - voltou a falar Alfredo, procurando manter um tom bastante respeitoso.

— De forma alguma consideraria atrevimento, se sua observação me faz feliz!

— Então, também não nos esqueceu? - indagou Mário, interferindo, vendo-se deixado à margem daquele primeiro colóquio. - Eu também partilho da mesma opinião de meu irmão! Está muito mais bela!

Encabulada, ela pediu licença e retirou-se. Os dois, embevecidos, assim se conservavam quando o professor entrou, cumprimentando-os feliz.

Alfredo, contudo, para não deixar perder oportunidade tão preciosa, tendo ainda a jovem na mente, falou-lhe:

— Sua filha, professor, que nos atendeu tão solícita, não parece mais aquela que conhecemos anos atrás!

— Susana é sempre a mesma! É a minha alegria e o apoio para a minha esposa! Não fosse ela em nossa casa, nossa vida seria muito triste!

— Não compreendo! O senhor nunca fez referências à sua família, mas parece-me que tem problemas!

— Minha esposa é doente e está acamada há alguns anos, sem possibilidade de movimentação por si mesma. Susana é a sua companheira, a sua alegria, e a força de que ela precisa para não desfalecer de vez!

— Não sabíamos e lamentamos! - expressou-se Mário.

— Temos criadas que a ajudam, mas o amparo de filha e amiga que ama muito a mãe, é ela quem lhe transmite!

Alfredo, diante dessa confissão, imaginou que era o momento certo para fazer a indagação que tanto lhe interessava, e não se fez esperar:

— Então sua filha não se casou ainda?

— Ela pouco sai de casa, e, de dois anos para cá, quando o estado de saúde da mãe piorou, não a deixa um só instante!

— Isto mostra que é uma filha dedicada e ama a mãe!

— Ambas sempre foram unidas! Ela é minha única filha! Minha esposa nunca teve muita saúde, mas, de algum tempo para cá, piorou muito!

Depois de uma pausa, ele voltou a falar, exclamando:

— Bem, vamos ao nosso assunto!

Os jovens sentiram-se despertados da presença daquela que os tocara tanto, voltando ao motivo principal da visita. Entre conjeturas, orientações, aconselhamentos, exposição de possibilidades e muito mais que poderia envolver o desempenho da sua futura carreira, eles despenderam bastante tempo. Alfredo, vez por outra, dirigia o olhar para a porta, imaginando poder ver, mesmo de relance, a filha do professor.

Em meio a uma explicação do pai, eis que ela aparece à porta trazendo uma bandeja na mão, com uma garrafa de fino licor e três cálices.

Pediu licença ao pai e começou a servi-los. Não precisamos dizer que o primeiro cálice, acompanhado de um profundo olhar, foi oferecido a Alfredo. Em seguida serviu Mário, e, por último, como anfitrião e dono da casa, o pai.

— Não nos acompanha neste delicioso licor? - indagou Alfredo, à jovem, depois de degustar o primeiro gole.

— Não bebo, senhor!

— Um licor não é considerado bebida prejudicial, pelo contrário, sempre nos faz bem!

— Susana nunca aceita bebida com teor alcoólico!

— Faz muito bem! - aduziu Mário, desejando agradar. - Para jovens delicadas e sensíveis, há outras bebidas mais adequadas!

Com a intenção de explicar à filha quem eram os rapazes, o pai adiantou-se:

— Filha, estes são meus alunos em vias de completarem o curso, e estão em dúvida quanto a voltar para junto dos pais ou permanecer em Paris e aqui se estabelecerem!

— E o que os está aconselhando, papai? - perguntou curiosa.

— Sempre lhes disse que, nesta cidade, terão mais possibilidades, não só de trabalho, mas de progredirem no campo que abraçaram, em contato com tudo o que o nosso meio pode lhes oferecer em aprimoramento e em experiências.

Sentindo-se aliviada, ela não deixou de demonstrar uma ponta de contentamento.

— Convide-os, papai, para virem à nossa casa com mais freqüência! Conversando com o senhor, poderão decidir-se mais acertadamente!

— Eles são, além de alunos, amigos nos quais deposito bastante esperanças. Orientá-los-ei sempre que necessário, e os receberemos com alegria quando desejarem voltar!

— Vejam, papai está colocando a nossa casa à disposição dos senhores! Venham sempre!

— Nós o faremos, se não importunarmos! Seu pai contou-nos da enfermidade de sua mãezinha, e não desejamos incomodar!

— Não nos incomodarão, só nos trarão alegrias!

Ela retirou-se e, até que a visita foi encerrada, não a viram mais. No entanto, ao se despedirem, Alfredo, dirigindo-se ao professor e amigo, pai de Susana, disse-lhe:

— Diga à sua filha que deixamos o nosso agradecimento pela sua hospitalidade generosa, e, quando nos for permitido, conforme seu convite, retornaremos!

— Voltem quando desejarem que nos darão prazer, sobretudo à Susana cuja vida é de muita reclusão!

— Nós o faremos! Sua filha, além de muito bonita, é simpática e cordial!

Os dois retiraram-se, pensando muito mais na jovem que nas orientações recebidas. Parecia que, diante da lembrança dela, tudo o mais se apagava por não ter importância.

Ao chegarem a casa, porém, foram despertados para o motivo da visita. Formularam muitos pensamentos sobre o que o professor lhes havia exposto, considerando cada ponto com muito cuidado. Sobre a jovem, contudo, nenhuma palavra, como se um tivesse receio de ouvir o outro falar do seu interesse por ela.

Passados mais alguns dias, por insistência da filha, cuja solicitude por um dos dois rapazes o pai estava começando a compreender, o senhor Michel convidou-os para almoçarem com sua família no domingo vindouro.

Não é necessário dizer o quanto o convite os deixou satisfeitos. Os dois esperavam, naquele encontro menos formal e mais familiar, ter alguma definição do que tanto desejavam, embora Alfredo não tivesse dúvidas de que ela simpatizara mais com ele. Se um dos dois obtivera a preferência de Susana e fosse escolhido, seria ele. O olhar que ela lhe dirigira, ao servir-lhe o licor, fora muito significativo e não mais saíra de sua mente. O almoço em família serviria para confirmar o que tinha como certo, mas ele também procuraria se insinuar, para ver a sua reação.

Há tanto tempo em Paris, nunca haviam se preocupado com nenhum relacionamento mais estreito com jovem alguma. Saíam, às vezes, divertiam-se quando podiam, porém, ao contrário dos primos que, ingênuos, se deixaram apaixonar pelas pessoas erradas, eles mantinham-se ilesos, guardando o coração para entregá-lo a quem, de fato, o merecesse. E parecia que esse momento estava chegando na pessoa da filha do professor Michel, jovem bela e de bons princípios.

Mais bem cuidados e elegantes que o comum dos dias, os dois chegaram à casa de Susana, e, por sugestão de Alfredo, levando dois ramalhetes de flores. - Um para ela e outro para sua mãe, embora não a conhecessem nem vissem possibilidade para isso.

Quando foram recebidos e os ramalhetes entregues, Susana, olhando para o pai, indagou:

— Eles não poderiam, papai, entregar as flores de mamãe, pessoalmente?

— Certamente, filha! Nós os acompanharemos até ela! A visita lhe fará bem, uma vez que vê tão poucas pessoas além das da nossa família!

Na verdade, a sugestão de Susana tinha outras

intenções. Sua mãe já havia percebido o interesse da filha por um dos rapazes, tanto ela se referia aos dois, e era chegada a hora de também conhecê-los e dar a sua opinião.

A enfermidade tirara-lhe os movimentos, sobretudo dos membros, mas deixara-lhe o raciocínio lúcido e os pensamentos equilibrados. Sua opinião seria muito importante.

Cumprindo a tarefa de anfitrião, o professor seguiu à frente, e a filha, carregando o seu ramalhete de flores e acompanhando os dois visitantes, foram ao quarto onde ela estava acamada.

A casa possuía dois pavimentos e os quartos, tanto o do casal quanto o da filha e mais um vazio, ficavam no segundo piso. Com a progressão da enfermidade da esposa, a família improvisou, para instalá-la com bastante conforto, um quarto no andar térreo. Desse modo não ficaria tão isolada da movimentação do lar, facilitando-lhe a companhia constante dos familiares e o atendimento, com maior presteza, às suas necessidades.

O marido sempre manteve um escritório. Pela capacidade que revelava na condução de cada caso, os clientes aumentavam cada vez mais. Com o agravamento do estado de saúde da esposa, porém, ele achou por bem mudar-se para casa, reduzindo o número de atendimentos.

Entrando primeiro, o professor pediu que eles esperassem, a fim de preveni-la para não surpreendê-la. Em pouco tempo ele assomou à porta, convidando-os para entrar.

Feliz, Susana dirigiu-se à mãe, dizendo:

— Olhe, mamãe, que belas flores recebi! Há um ramalhete para a senhora, também!

Chamando os dois rapazes para se aproximarem do leito, continuou:

— Mamãe, este é Alfredo! - e dirigindo-se a ele que detinha o ramalhete, pediu-lhe que lho entregasse.

Alfredo gentilmente estendeu as flores e ela, apanhando-as com certa dificuldade, ouviu-o dizer:

— É um prazer conhecer a senhora, a quem desejamos demonstrar o nosso respeito e consideração! Temos em grande estima o seu esposo, nosso professor e amigo, e sua filha que nos encanta! Conhecê-la é uma alegria!

Com certas limitações próprias daqueles que passam por longa enfermidade e se vêem afastados das lides sociais, ela retribuiu com algumas palavras, a gentileza do delicado presente:

— Eu também sinto-me feliz! Minha filha e meu marido têm se referido a vocês, sempre de forma elogiosa, e confesso, estava ansiosa por conhecê-los pessoalmente! A gentileza das flores, comoveu-me! Muito obrigada!

Susana, puxando Mário pela mão, colocou-o mais próximo do leito, e igualmente apresentou-o à mãe.

— Fico igualmente feliz em conhecê-lo! - respondeu ela.

Mário, sem nada ter a dizer depois do que o irmão já havia falado, disse apenas:

— A alegria também é minha, pode estar certa!

Estendendo o ramalhete à Susana, a mãe pediu-lhe que o colocasse em água fresca e o deixasse junto do seu leito.

O professor, compreendendo que já haviam

permanecido o suficiente, levou-os para a sala, deixando-a novamente só.

Alguns momentos mais tarde o almoço foi servido. Uma criada levou uma bandeja à enferma, atividade sempre desempenhada por sua filha, mas da qual ela se via impedida, naquele dia, ocupada em fazer as honras de anfitriã.

Depois da refeição, os convidados ainda permaneceram algum tempo. Susana serviu-lhes um licor na sala de visitas, retirando-se em seguida, e o mesmo assunto sobre a permanência deles em Paris, voltou à baila. O professor desejava saber o que haviam decidido, e estimulou-os novamente a ficar. Eles, ao final, disseram que, por si próprios, não tinham mais dúvidas, porém, ao término do ano, deveriam retornar ao lar para o justo descanso e rever os familiares, ocasião em que consultariam o pai sobre essa possibilidade.

Encerrado este assunto, o senhor Michel perguntou pelos detentos, lembrando que a pena deveria estar por se completar. Quase quatro anos haviam decorrido.

Alfredo, demonstrando preocupação, considerou:

— Não sabemos o que acontecerá depois de cumprirem a pena! O que farão eles? Terá servido, esse tempo de prisão, para modificar-lhes o caráter?

— Titio não deverá deixá-los aqui! - interveio Mário. - Com certeza voltarão para a propriedade da família, e trabalharão sob as vistas dos pais e dos tios, e o controle de vovô!

— Não sabemos! Depois de cinco anos de reclusão em um cárcere, muita modificação pode ter havido!

— Vocês não os tem visitado? - indagou o professor.

— Sempre que nos é permitido! - respondeu Alfredo.

— E como sentem que eles estão?

— Atrás das grades, todos são diferentes! Conhecemos as promessas que eles sempre fizeram e não cumpriram!

Compreendendo que a visita estava se estendendo demais, e como Susana, depois de lhes haver servido o licor, não retornara para ficar com a mãe, os dois despediram-se, deixando recomendações às duas, e, agradecendo a gentileza do convite, retiraram-se.

Capítulo 8

ASSENTIMENTO

Os dias restantes daquele ano passaram céleres, e os rapazes preparavam-se para retornar ao lar.

Dos cinco que haviam vindo cheios de esperanças, apenas dois, Alfredo e Mário, retornariam com o diploma na mão e muitos conhecimentos que enriqueceram seus Espíritos, desenvolveram suas inteligências, ampliando-lhes a capacidade de estudar, analisar e concluir com mais facilidade e discernimento.

Outros dois, Jean e Renê, sabemos onde se encontravam e ainda não era chegado o momento de retornarem. Não podemos dizer que seus Espíritos haviam adquirido o conhecimento e o aprimoramento através do estudo. Mas, se estavam sabendo aproveitar aqueles anos para refletir e analisar tudo o de que se viram privados pela própria imprevidência e insensatez, alguma experiência também haviam adquirido, auxiliando-os a reprimirem instintos infelizes. Quem sabe deixariam sublevar alguma virtude transmitida pelos pais e sufocada por eles, no desejo de viverem plenamente a liberdade longe dos familiares.

Quanto a Pierre, não retornaria com os primos, porque sua vida de quase médico não permitia. Além dos estudos teóricos, havia a prática realizada junto dos pacientes, através do acompanhamento dos casos tratados pelos médicos professores. Com o passar do tempo e a habilidade que o estudo e o adestramento lhe deram, alguns pacientes já ficavam sob sua inteira responsabilidade, restringindo cada vez mais algum tempo que poderia lhe sobrar para si mesmo.

Mas não era o que ele desejava? Estava feliz e desempenhava as tarefas com dedicação e alegria, e até uma jovem, companheira de estudo e trabalho, havia penetrado no seu coração, enternecendo-o para o amor.

Os pais dos diplomandos não viriam para a cerimônia de conclusão do curso, mas os esperariam em casa para comemorarem, juntamente com todos, a alegria de ter dois filhos advogados.

Seria a ocasião em que os dois exporiam seus planos e pediriam autorização para continuar em Paris.

O velho avô, mais envelhecido, porém ainda bastante ativo e participante, estava orgulhoso. Sempre se referia com entusiasmo aos netos que satisfaziam suas expectativas, cumprindo suas obrigações, e condenava os outros que não souberam se conduzir nem fizeram por merecer a confiança que neles fora depositada.

Antes da partida, os dois jovens advogados acharam por bem fazer uma visita de despedida à Susana, à sua mãe, bem como ao professor amigo. Algumas vezes haviam retornado para revê-los, mas, naquele dia, Alfredo notou que a jovem olhava para ele com mais insistência, trazendo uma sombra de tristeza no olhar, talvez por não saber se voltaria a vê-lo.

Em um momento que lhe foi possível, Alfredo aproximou-se dela e, entendendo que seria a oportunidade para fazer referência aos seus sentimentos, disse-lhe:

— Farei todo empenho em voltar, pela senhorita, que já toma conta do meu coração!

Susana desanuviou a tristeza dos olhos e, sorrindo, respondeu-lhe:

— Só da espera desse dia eu viverei!

Estava assim confirmado, se alguma dúvida ainda houvesse, o quanto ela já gostava de Alfredo. Mas, recatada e compreendendo que não deveria manifestar-se, aguardou.

O íntimo de Alfredo transformou-se, e Mário, percebendo que alguma confissão havia sido feita, não gostou. Ele via os olhares de Susana para Alfredo, mas tinha esperanças. Gostara dela desde a primeira vez que a vira, e esperava uma oportunidade, não obstante entendendo que o coração da jovem pendia para o seu irmão.

Ao deixarem a casa, no momento da despedida, diante do professor, Alfredo repetiu que voltaria, mas com os olhos fixos em Susana que o compreendeu.

Prometia a si mesmo retornar, por ela e pela sua carreira. E quando estivesse já desenvolvendo o seu trabalho, falaria ao senhor Michel, e pedi-la-ia em casamento, sem muita espera.

No lar, os pais os receberam com orgulho, assim também o avô e os tios.

Os pais de Jean e Renê, porém, abraçaram-nos com lágrimas nos olhos, por não terem os filhos em sua companhia, e por sabê-los num lugar tão triste e infeliz, como eles próprios deveriam estar se sentindo. Ansiosos por notícias, as lágrimas impediam-nos de perguntar, mas Alfredo, compreendendo-os, adiantou-se:

— Fomos vê-los antes de vir, titio! Não podemos dizer que estavam felizes, porque faltaríamos com a verdade! Ninguém se sente feliz por se encontrar num lugar daqueles. Todavia posso afirmar que os encontramos mais esperançosos. O tempo passa e o dia de deixar a prisão aproxima-se!

— Eles não nos mandaram nenhum recado? Ainda se encontram em celas separadas? - perguntou a mãe, demonstrando um pouco mais de calma.

— Sentem-se envergonhados ainda e nada mandaram dizer! Certamente os dois desejariam poder estar conosco, neste instante, abraçando-os, porque eles os amam! A fatalidade e a inexperiência aprontaram-lhes aquela cilada, e eles nela se enredaram!

O avô que ouvia atento cada palavra do neto, interferiu, dizendo:

— A fatalidade é a desculpa para o que praticamos por nossa livre vontade e que, de tão grave, não pode ser corrigido! Cada um é culpado do que faz e eles não eram tão inexperientes assim, para não saberem o que procuravam!

Ninguém deu resposta para não prosseguir com um assunto que interrompera a alegria do momento, e a mãe dos recém-chegados, aproximando-se, para quebrar aquela situação desagradável, abraçou-os dizendo da sua felicidade por tê-los de volta.

Alguns dias se seguiram de liberdade plena das obrigações. Os passeios pela propriedade foram realizados e, num deles em que Mário e Alfredo se encontravam juntos e afastados do lar, Alfredo falou ao irmão:

— A alegria de rever os mesmos lugares onde fomos criados, estar junto dos nossos queridos, faz-me bem, mas, se tivesse que ficar aqui para sempre, não conseguiria mais!

— O mesmo digo eu! Depois de permanecermos em Paris todos esses anos, de termos conhecido um meio que favoreceu o crescimento das nossas possibilidades profissionais, não seria possível ficarmos neste lugar! O que faríamos?

— A necessidade de um causídico, por estas redondezas, é muito limitada! Todos vivem como uma grande família, e os problemas se circunscrevem às terras e às propriedades. E, para esses, o nosso velho advogado é suficiente! Não haveria lugar para nós que morreríamos de tédio, pensando no aprimoramento que poderíamos estar adquirindo em Paris!

— Além do motivo profissional, há outro muito importante para você, não é, meu irmão? - indagou encorajado Mário, que até então, conquanto a grande camaradagem entre os dois, não se atrevera a falar em Susana, nos seus sentimentos, nem nos do irmão.

Alfredo ficou calado por um pouco, como que levando seu pensamento junto daquela que amava, mas, em seguida, respondeu:

— Refere-se à Susana, não é mesmo?

— Sim! Percebi que você deve ter lhe falado algo que

a deixou feliz, quando fomos nos despedir!

— Disse que faria todos os esforços para voltar, por ela!

— É tão profundo assim o que sente?

— Eu a amo desde que a vimos pela primeira vez!

— No entanto, nunca se referiu a esse assunto comigo?

— Você deve compreender! Sempre nos demos bem, e, além de irmão, somos bons amigos, e eu percebi que também se entusiasmou por ela! Por isso calei-me, dando oportunidade a uma definição, sem que nenhum interferisse na possibilidade do outro! Com o passar do tempo, porém, percebi os olhares dela dirigidos a mim, o que não posso negar, deixou-me bastante feliz. E, compreendendo-os, no momento da despedida achei que não deveria esperar mais! Era a hora certa de revelar o meu amor, o que ainda não o fiz com todas as letras!

— Nada mais precisa ser acrescentado! Susana também o ama e eu saberei compreender! Não desejo ser empecilho para o amor de vocês! Ela também gosta de mim, eu o sinto, mas como a um irmão ou amigo, ou até porque sou seu irmão!

— Sinto muito, Mário, mas nada fiz para que ela se voltasse para mim, e não posso negar que estou feliz! Você também encontrará alguém que o ame e a quem amará bastante. Você merece ser muito feliz!

— Contudo, ainda não falamos a nossos pais sobre o nosso desejo de retornar!

— Era necessário que alguns dias passassem, para que não falássemos em partida, mal havíamos chegado! Creio, porém, que já devemos explicar-lhes o que pretendemos e, se os conhecemos bem, nem eles nem vovô nos impedirão!

Antes de se dirigirem ao avô, porque entendiam, o assunto deveria ser tratado diretamente com os pais, os novos bacharéis convocaram-nos para uma conversa muito particular, no quarto deles, onde falariam mais à vontade.

Preocupada, a mãe começou a imaginar o que teriam de tão importante para uma convocação nunca anteriormente feita. Todos os assuntos, até aquele instante, eram levados em reunião diante do avô, e a primeira palavra era sempre a dele.

Naquele dia, porém, pelo inusitado da situação, a mãe preocupou-se. O pai, compreendendo-os e acalmando-a, explicou:

– Eles são, agora, dois advogados e sabem o que desejam! Devem ter alguma comunicação a nos fazer e não pretendem interferência de ninguém! Nossos filhos são dois homens íntegros e nada do que venha deles, deve nos causar receio. É melhor irmos até lá que eles estão nos aguardando.

Quando os pais entraram, de fato, os jovens já os esperavam, olhando ternamente para cada móvel, cada objeto que compunha o quarto dos pais, recordando o tempo de uma infância bem protegida, despreocupada e feliz.

O pai, sem muita espera, pediu-lhes, esclarecendo:

– Seja o que for, procurarei compreender, mas não demorem na exposição do que querem, porque sua mãe está preocupada!

– Não há razão para nenhum cuidado! Desejamos

apenas expor o que pretendemos! Como já estamos habilitados para o trabalho, vimos pensando em nosso futuro, no que almejamos para ele e no que esperamos realizar.

— Pois que falem! - exclamou o pai, demonstrando certa impaciência.

— Compreendemos que a companhia de vocês nos faz muito felizes, e, viver neste lugar, nos é muito agradável! No entanto, a nossa vida chegou a um ponto que, se aqui permanecermos, nos veremos estacionados, sem condições de desenvolver um bom trabalho. Isto sem falarmos que até a nossa subsistência estaria comprometida.

— Pretendem partir novamente? - indagou a mãe, ansiosa.

— O nosso professor, o que cuidou da defesa de Renê e Jean, tem nos aconselhado bastante! Hoje somos amigos da sua família e, vez por outra, os visitamos. Ele aconselha-nos a que fiquemos em Paris, onde não só as oportunidades de trabalho são muito maiores, mas também a do constante aprimoramento no desempenho da nossa profissão. Em razão disso, não queremos apenas lhes comunicar que desejamos ficar em Paris, por entender que será melhor para nós, mas ouvir a opinião de ambos!

Sem conseguir se conter, a mãe falou em primeiro lugar:

— Tê-los comigo é uma alegria muito grande, mas ficarei feliz por vê-los felizes, seja onde for! Se Paris é o melhor lugar para vocês, eu compreenderei, e desejo que sejam bem sucedidos e possam concretizar, lá, suas esperanças!

O pai dos rapazes, não habituado à manifestação da

esposa, admirou-se, mas permaneceu calado até que ela terminasse.

— E o senhor, papai, o que tem a nos dizer? - indagou Mário.

— Quero reafirmar as palavras de sua mãe, por compreender, também, que lá será melhor para vocês. Embora desejando muito que fiquem conosco, não os preparamos para vê-los estacionados, quando podem progredir. Ao que sua mãe falou, resta-me apenas uma pergunta a fazer!

— Não explicamos tudo, papai? - indagou Alfredo.

— Sim, quanto à profissão! Mas preciso saber se tem mulher nessa decisão de vocês!

— O que o senhor quer dizer com isso? - indagou Alfredo, meio confuso.

— Compreendeu-o bem! Um coração apaixonado remove céus e terras para estar junto de quem ama!

Alfredo ficou surpreso. Teria ele deixado transparecer algum indício de que estava apaixonado? À pergunta do pai, os dois irmãos se olharam e ele percebeu que havia algo, voltando a falar:

— Penso que não me enganei!

— Pensamos somente em nossa carreira, papai, e mulher alguma nos afastaria dos nossos objetivos! Um dia pretendemos nos casar e constituir a nossa própria família, mas ainda não nos apaixonamos a esse ponto! - explicou Mário.

— Preocupo-me, filhos, pois foi por mulheres que seus primos acabaram na prisão!

— Não somos ingênuos a ponto de destruir nossa carreira por causa de mulheres! Quando chegar o momento, saberemos onde escolhê-las!

— Assim espero, que quero netos, muitos netos! - exclamou o pai dos rapazes.

A mãe, preocupada, ainda lhes falou:

— Vocês sempre tiveram bons exemplos aqui, tanto de mim, que tenho me esforçado para ser uma boa esposa e boa mãe, quanto de suas tias! Saibam, pois, escolher, para não serem infelizes, depois!

— Não se preocupem com isso! Por enquanto pensamos apenas na nossa carreira! Pelo rumo desta conversa, percebi que não nos impedirão de seguir o nosso destino em Paris! - concluiu Alfredo.

— Como impedi-los de fazerem o que desejam, filhos! Seria o mesmo que plantar uma árvore e, quando ela estivesse pronta para florir e dar seus frutos, nós a aniquilássemos! Não é o que pretendemos! Desejamos vê-los bem sucedidos, realizando um trabalho que possa dar muitos frutos, e todos saborosos, satisfazendo a quem os procurar!

Felizes e aliviados, os dois comunicaram aos pais que, em três dias, partiriam. A mãe lamentou, imaginando tê-los por mais tempo, como nos anos anteriores, quando vinham em férias.

— Não somos mais estudantes! Agora somos profissionais e, quanto antes começarmos a desenvolver o nosso trabalho, mais rapidamente estaremos integrados nele! O senhor Michel confia em nós e nos ajudará, não só com orientações, mas até enviando-nos alguns clientes, porque seu trabalho, agora, é mais limitado.

— Ele não está mais aceitando todas as causas para as quais é solicitado? - indagou o pai, curioso.

— Lembra-se, papai, de que o procuramos na sua casa, quando ele aceitou defender os primos? Desde que mudou seu escritório para lá, tem restringido bastante o seu trabalho! A esposa é enferma e precisa da sua assistência no lar, apesar das criadas e de uma filha única muito jovem! - explicou Alfredo, ao que Mário completou:

— Antes ele possuía um escritório bem montado em lugar privilegiado, na cidade, mas foi obrigado a fechá-lo e mudar-se para casa, atendendo alguns poucos clientes, mas ainda é muito procurado!

— Ele não prometeu nos ajudar com os clientes, mas certamente o fará!

O pai dos jovens advogados compreendeu as boas intenções do professor amigo, mas, jocosamente, indagou:

— Qual dos dois ele pretende para esposo da filha, por ter se feito tão amigo de vocês?

Alfredo, a quem a referência atingia mais de perto, corou e mostrou-se um tanto atrapalhado.

Percebido o constrangimento da situação, o pai voltou a indagar, desta vez a Alfredo:

— Então é você, meu filho?

Sem saber o que responder de pronto, Alfredo explicou:

— Lembre-se de que ao procurá-lo para defender Jean e Renê, já o fizemos por compreendê-lo mais acessível e compreensivo!

— Sim, mas ele tem uma filha e conhece-os muito bem! É bastante confortável para ele ter, para marido da filha, alguém como vocês, responsáveis e íntegros!

— Do modo como fala, parece que ele está

comercializando a filha! - retrucou Alfredo.

— De forma alguma! Qualquer pai se preocupa com o futuro dos filhos. E se ele puder facilitar para a filha, um marido honesto como vocês, ficará tranqüilo. Vamos, digam, como é a jovem? Não se acanhem! Fico feliz que se interessem por alguém como a filha dele, que tem família e valoriza-a. Com certeza ela também cuida da mãe!

— Faz-lhe companhia constantemente e dispensa-lhe todo o carinho que tem no coração! - explicou Alfredo.

— Então é você que ele escolheu para marido dela?

— Ele nunca fez referência a isso! Nós nos vimos e sinto que ela se interessou por mim, pelos olhares que me lança, assim como simpatizei muito com ela, nada mais!

— Tudo vem a seu tempo! Se ela for, como dizem, uma boa moça, fazendo parte de uma família unida que se respeita e cujos membros se amam, é porque também é boa!

— Um dia terá que constituir sua família, também! - interveio a mãe. - É preferível que o faça, tendo conhecido a moça no próprio lar, junto dos familiares, a ter conhecido alguma outra na rua, sem saber de onde vem!

— Estão levando muito a sério apenas uma simpatia mútua!

— Todo conhecimento mais íntimo parte de uma simpatia inicial, não se esqueça, e é um bom começo!

— Bem, podemos partir daqui a três dias, então? - indagou Alfredo, desejando encerrar aquele assunto que o constrangia.

— Se não se sentirem como crianças que precisam do acompanhamento dos pais, gostaria de ir com vocês!

— Seria uma alegria muito grande e nos ajudaria

bastante! Sabe que ainda nada temos de nosso e precisamos do seu aval e da sua opinião para o que pretendemos!

— Então, está combinado! Parto com vocês e só volto quando os vir bem instalados em seu próprio escritório! Quero, também, voltar a conversar com o senhor Michel, e ver o que ele pode fazer por vocês! Quem sabe, até possa conhecer a jovem a quem se referem!...

— O senhor já a conhece! - explicou Mário, fazendo-o lembrar-se da primeira vez em que o procuraram em casa.

Capítulo 9

SURPRESA

Completando os três dias previstos pelos jovens, utilizados para a preparação da viagem, a partida se fez.

O avô foi notificado, assim como os demais parentes, e todos foram unânimes em compreender as intenções dos dois, sobretudo o avô, que assim se expressou:

— Como iria orgulhar-me de meus dois netos advogados, se não tomasse conhecimento do sucesso que farão? Vão e façam tudo para serem vitoriosos, mas não se esqueçam de nós! Coloquem-nos sempre a par do que realizam para que os acompanhemos em pensamento, desejando que progridam cada vez mais! Foi para isso que facilitamos os seus estudos, e, pelo modo como se conduziram até aqui, vocês merecem o melhor!

Não fez nenhuma referência aos netos presos, não mandou nenhum recado. Portou-se como se eles não existissem, atitude muito diversa da dos pais que recomendaram, não os deixassem sem o contato fraterno, amigo e confortante da sua visita.

Nova partida, novas esperanças! Era um recomeço!

Para maior facilidade, dirigiram-se ao quarto anteriormente habitado e que ainda permanecia com Pierre. Assim que tivessem outras condições, mudar-se-iam para um lugar mais confortável e condizente com a nova situação que teriam, e prometiam a Pierre que o levariam.

Na manhã imediata, antes de qualquer atividade, os dois jovens e o pai procuraram fazer uma visita aos detentos, aproveitando a oportunidade do dia destinado a esse particular, para não protelar para a semana seguinte.

O constrangimento ainda era grande. Ao tio, que não os via desde o julgamento, eles aparentavam maior rigidez e severidade de traços, como se a rudez do ambiente tivesse penetrado seus Espíritos. Mostravam-se insensíveis, como se aguardassem o momento de aprontarem alguma. Porém, não mais a busca do divertimento fácil e irresponsável, mas a vingança que o ódio deixava transparecer.

Em instantes, através da observação, o tio chegou a essa conclusão, sem nada comentar. Entretanto, ao saírem do presídio, revelou aos filhos esses seus receios, dizendo-lhes:

— Tenho medo de que esses anos de reclusão, em vez de os terem modificado e preparado para uma nova vida dentro da correção de caráter, da honestidade e da decência, os tenham modificado para o mal!

— Não entendo, papai! - exclamou Alfredo.

— A convivência com elementos da índole daqueles que compartilham com eles, facilita conversas inadequadas.

E, não obstante tenham tido uma excelente criação e vivido entre bons exemplos de todos os nossos, o mal, como resultado do ódio e da revolta por se verem reclusos, gera um mal maior!

— O senhor está preocupado à-toa, papai! - redargüiu Mário.

— Oxalá estivesse! Lembrem-se do que já fizeram, convivendo com pessoas de bem! Senti, em cada palavra que disseram, um amadurecimento e uma convicção muito grande, mas não direcionada para o que desejávamos e esperávamos! Em vez de pensarem no que perderam por não terem agido bem, e de estarem fazendo bons propósitos para reconstruírem tantos anos de infelicidade, reintegrando-se à vida de liberdade com responsabilidade e caráter íntegro, senti que planejam, mas não como desejávamos.

— Quando tiverem a pena cumprida e a liberdade readquirida, nós os reencaminharemos para o bem, papai! - proferiu Alfredo, tentando reanimá-lo.

— Ao chegar esse dia, o pai deverá estar esperando-os, para levá-los de volta à nossa família. Eles não permanecerão mais em Paris, para não aprontarem alguma outra com piores conseqüências.

— O senhor está levando longe demais os seus receios! Esses anos de prisão devem ter sido e ainda estar sendo muito difíceis para eles, portanto, não quererão fazer nada que os traga de volta à mesma vida! - ponderou Alfredo.

— Os que têm um objetivo em mente, como resultado do ódio e do desejo de vingança, não pensam nas conseqüências. Ficam enceguecidos e só esperam o momento de concretizar o que se propuseram. Oxalá eu esteja errado, mas não gostei nada do jeito deles! Interessante é notar que ambos ainda se encontram separados, mas a aparência que trazem e os receios que me transmitiram, foram os mesmos!

— Ainda falta um pouco mais de um ano para terminarem a pena, e talvez nada do que teme se realize! Esqueçamos tudo isso, papai! Hoje à tarde gostaria de fazer uma visita ao senhor Michel, dizer-lhe que obtivemos permissão para ficarmos em Paris, e ouvir dele alguma orientação para, sem perda de tempo, começarmos a preparar o que tanto desejamos. - explicou Alfredo, tendo no coração, além das expostas, uma intenção que lhe falava bem de perto - a vontade de ver Susana.

— Eu também irei com vocês! Tenho muito a observar! - disse-lhes o pai, curioso por ver a filha do advogado.

À tarde daquele mesmo dia, os dois filhos e o pai batiam à porta da casa do advogado. Demoraram para atender. Depois de insistirem algumas vezes, por compreenderem que alguém deveria estar em casa pelas circunstâncias enfrentadas pela família, uma criada veio atender, perguntando o que desejavam. Mas, antecipando-se à resposta, comunicou que o doutor não estava atendendo ninguém naqueles dias.

— O que aconteceu? - indagou Alfredo. - E a senhorita Susana, não está em casa?

— Está recolhida, sofrendo muito pela perda da mãe!

Assustado com surpresa tão desagradável, ele e Mário, ao mesmo tempo, indagaram:

— A mãe de Susana morreu?

— Sim, há três dias!

— Somos amigos da família, talvez a senhora não nos conheça, mas a última vez em que a vimos ela parecia bem!

— Há anos ela se encontrava enferma, o senhor deve saber!

— Mas nada que revelasse uma morte tão iminente! Não podemos ver Susana? E seu pai, está em casa?

— Está em seu quarto, muito consternado e não deseja ver ninguém! Não deverei incomodá-lo!

Percebendo a voz de Alfredo que chegara ao seu quarto, através da janela que dava para a rua, Susana, vagarosamente, desceu as escadas, e, sem chegar até a porta, exclamou, ordenando:

— Deixe-os entrar, são nossos amigos!

Ouvindo-a, a criada voltou-se e, vendo-a, afastou-se da entrada e fez sinal para que entrassem.

Alfredo tomou a frente seguido pelos outros e caminhou até ela. Tomando-lhe as mãos, num desejo imenso de abraçá-la, aconchegando-a ao peito, para dar-lhe conforto e proteção, limitou-se a dizer:

— Estou surpreso, como aconteceu?

Enquanto isso os outros se achegaram desejando também cumprimentá-la e ele, soltando-lhe as mãos, apresentou-lhe o pai, depois de Mário também tê-la cumprimentado.

Como não houvera tempo para a resposta, Alfredo tornou a indagar, acrescentando que, antes de partirem, ela estava bem.

— Mamãe nunca esteve bem!

— Mas nada indicava uma morte iminente! - voltou a insistir Alfredo.

— Estávamos avisados de que, a qualquer momento, se alguma complicação adviesse, seria difícil salvá-la! Nos últimos dias ela contraiu uma outra enfermidade e, devido ao seu mal anterior e quase permanente, não conseguiu resistir!

— Seu pai, como está?

— Recolhido em seu quarto, muito triste e abatido!

— Não poderemos vê-lo?

— Hoje não, daqui a alguns dias, talvez!

— Bem, não devemos ser importunos e é melhor que nos retiremos! - interveio ponderadamente o pai dos rapazes. - A senhorita foi muito bondosa em nos receber, não devemos molestá-la mais, compreendendo a dor que deve estar sentindo!

— A visita dos senhores fez-me bem, mas não posso negar que não seria uma boa anfitriã, e até os constrangeria. Voltem daqui a alguns dias, eu prevenirei papai e estaremos melhor!

— Nós voltaremos! Precisamos falar com ele, mas entendemos a sua consternação e não desejamos perturbá-lo. Enviaremos um mensageiro para saber quando poderemos ser recebidos.

— Assim será melhor!

— Quanto mais ficarem recolhidos e sós, a dor aumentará. Os amigos sempre ajudam um pouco e desejamos ajudá-los também a superar esse período difícil! - externou Alfredo.

— Papai considera-os muito, assim como eu também e, em poucos dias, estaremos melhor, para que também se sintam à vontade!

E dirigindo-se ao pai dos rapazes, acrescentou:

– O senhor, se permanecer em Paris por mais tempo, visite-nos também!

– Com certeza eu voltarei! Preciso conversar com seu pai, de quem meus filhos falam com muito respeito e consideração!

Os três despediram-se, Alfredo agradeceu Susana por tê-los recebido, dizendo-lhe que, se não a visse, ficaria preocupado. Novamente externaram os seus sentimentos pela perda irreparável e retiraram-se.

Aquele acontecimento tão recente impedia-lhes de resolverem o que desejavam, com mais rapidez, porque, antes de tudo, pretendiam ter a orientação segura e experiente para começarem a tomar as primeiras providências.

O pai dos jovens, contudo, ativo e expedito, não querendo permanecer muito tempo longe de casa, propôs aos filhos:

– Nada nos impede de começarmos a procurar, sem nenhum compromisso, um local adequado para se instalarem!

– O senhor tem razão! Veremos as características dos lugares, a sua localização, e, ao voltarmos a falar com nosso amigo, levaremos as indicações, e teremos adiantado, já, alguma providência. A sua palavra de orientação nos fará decidir pelo melhor lugar!

– Então não percamos tempo e comecemos agora mesmo!

Os três partiram em busca do que se propuseram, mas o pensamento de Alfredo permanecia em Susana.

Como gostaria de ter ficado com ela, aconchegá-la ao peito, dizer-lhe palavras que pudessem confortá-la, retirando tanta tristeza do seu coração! Mas sabia que não seria possível. Daí a alguns dias retornariam, e talvez ela estivesse melhor e aceitasse a sua companhia por alguns momentos.

Susana havia feito de sua vida, a vida da mãe. Sufocara anseios e entusiasmos próprios da juventude e permanecera no lar, em sua companhia, e, de repente, a perdera. Contudo, nada ficara que ela pudesse ter feito em seu benefício e não o fizera. Só isso deveria ser-lhe um conforto, o mesmo acontecendo ao senhor Michel que renunciara a uma carreira de sucesso na profissão, limitando o número de clientes, para permanecer mais próximo da esposa.

A lacuna que ela deixava em seus corações, sem dúvida, era grande. Mais um enfermo exige em cuidados daquele que a ele se dedica, mais a sua falta é sentida. Entretanto, haveria o transcurso do tempo! - O tempo que cura todas as feridas, o tempo que caminha, deixando para trás sofrimentos e mostrando novas esperanças, seria o único remédio a mitigar-lhes a dor daquela perda. Não que a esquecessem, que nunca se esquecem os queridos. Mas as recordações seriam menos dolorosas, e, com o passar do tempo, fixar-se-iam nas lembranças agradáveis e felizes, auxiliando-os a que a alegria lhes retornasse.

A Alfredo nada restaria fazer, senão aguardar! E ele aguardaria o quanto fosse, para falar à Susana sobre o seu amor e suas esperanças de uma vida a dois.

Seguramente, pela alegria de ter a revelação do seu amor, ela sentir-se-ia mais feliz. Era a única forma que ele via para trazer de volta, à vida dela, um pouco de felicidade.

Como o senhor Michel receberia essa confissão, era difícil prever, mas esperava que não houvesse nenhum impedimento. Sempre fora bastante considerado por ele.

Quando chegaram ao centro onde alguns locais poderiam oferecer-lhes a oportunidade de se instalarem, começaram a se informar, a procurar, a olhar com mais atenção. Algumas indicações tiveram de salas para alugar, várias das quais já haviam sido usadas por advogados que, por uma razão ou outra, se mudaram, mas todos os locais visitados lhes pareceram bons.

Fizeram anotações, relacionando-os todos, e, no final da tarde, três salas muito boas estavam em suas mentes como bastante adequadas para o que pretendiam. Espaçosas, confortáveis até para acomodar os clientes.

Mário, mais temeroso e menos decidido, falou ao irmão:

— À simples referência à palavra cliente, causa-me um certo receio!

— Ora, receio por quê? Nós estamos preparados para trabalhar, não digo com a destreza dos velhos causídicos, mas somos capazes e nos esforçaremos!

— Quanto a isso não tenho dúvidas! Sei da minha capacidade quanto da sua, mas nossos futuros clientes também o sabem? Confiarão em nós, tão jovens ainda o somos?

— Depois do nosso primeiro trabalho, pode crer, ficarão contentes e outros clientes virão! Lembre-se de que o senhor Michel está mais desobrigado agora e pode nos ajudar muito!

— Tem razão! Eu é que me preocupo demais!

Três dias após a visita à casa de Susana, tempo em

que Alfredo não a tirava do pensamento, desejando estar em sua companhia, ele decidiu voltar, porém, só. Queria saber como se encontravam e quando o professor poderia recebê-los.

Avisando o pai e o irmão do que faria, à tarde ele foi realizar o que considerava como medida correta para não surpreendê-los inoportunamente.

A mesma criada atendeu à porta, informando-o de que o professor e sua filha se encontravam em casa, e ela iria consultá-los da possibilidade de recebê-lo.

Em poucos momentos ela voltou, seguida da jovem que o convidou a entrar.

— Estimo vê-la um pouco melhor, hoje! A sua tristeza contagia-me a alma e torna-me triste também!

— Como poderia estar?

— Reconheço o momento pesaroso por que está passando, todavia é necessário reagir!

— Aos poucos voltarei a ser o que era, mas meu dia é muito triste sem mamãe!

— E seu pai, como está? Se não fosse importuná-lo, gostaria de vê-lo por alguns instantes, demonstrar-lhe os meus sentimentos...

— Papai deixou o quarto e está em seu escritório, tentando ler um pouco para se distrair, mas eu estava em sua companhia e falávamos em mamãe! Vou ver se ele quer recebê-lo!

— Diga-lhe que desejo apenas cumprimentá-lo!

Susana afastou-se deixando Alfredo só na sala, e, em poucos instantes, voltava, conduzindo-o até o pai.

Alfredo cumprimentou-o, considerando a sua aparência um tanto abatida, e, receoso de lhe falar sobre o que haviam decidido, calou-se. Ele mesmo, quebrando o silêncio constrangedor que se formara, muito natural nessas ocasiões quando não encontramos palavras para confortar os que passam por situações semelhantes, indagou:

— Então, o que decidiram?

Animando-se, o jovem relatou, em poucas palavras, a decisão tomada, explicando que estavam em Paris em companhia do pai que desejava participar das iniciativas. Contudo, muito pouco ou quase nada haviam feito até então. Manifestou ainda o desejo de terem, no momento oportuno, a sua palavra de orientação, mas saberiam esperar até que se refizesse do momento difícil por que havia passado.

— Se quiserem conversar, poderei recebê-los amanhã!

— Não desejamos ser inconvenientes!

— Não o serão! Conversar sobre trabalho, ajudar-me-á a distrair o pensamento de lembranças tão tristes! Podem vir que os espero!

— Papai também virá!

— Já conheço seu pai e, revê-lo, será uma satisfação!

Sem mais delongas e tendo conseguido o que pretendia, Alfredo deixou o escritório, seguido por Susana que o acompanhara, e, à porta, antes de se retirar, falou-lhe:

— Vê-la hoje foi uma alegria para mim! Quando estiver instalado iniciando o desempenho da minha profissão, preciso lhe falar!

— Por que não agora? - indagou ela. - O que tem a me dizer?

– O que vou lhe dizer, tenho guardado no coração e desejo fazê-lo num momento de bastante alegria! Saberei esperar, como desejo também que espere!

Susana sentiu-se feliz por entender o sentimento a que ele se referia, pois abrigava-o também, no seu coração. Tinha-o todo tomado por um grande amor por ele, e só a simples menção feita, já lhe dera a certeza de que também era amada.

Com um olhar profundo em seus olhos, ele tomou-lhe as mãos, depositou nelas um beijo terno e despediu-se, dizendo que a veria no dia seguinte.

Qual um pássaro que voeja leve e suave, Alfredo deixou a casa, não sentindo o peso do corpo e levando uma grande alegria. - Seria recebido pelo professor para dar início ao que tanto esperavam, mas, muito mais importante para um jovem coração que ama, fora ver a amada, ter podido lhe falar do seu amor, não obstante veladamente, e sentir que também era alvo do mesmo sentimento.

Logo chegou a casa levando a notícia, dizendo alegremente ao pai e ao irmão:

– A partir de amanhã, uma nova vida se inicia para nós!

Capítulo 10

NOVAS PERSPECTIVAS

No dia seguinte, à tarde, Alfredo, Mário e o pai chegavam à casa do professor e eram esperados.

Susana, apesar de consternada, tinha no coração todas as alegrias que se referiam ao seu amor por Alfredo. Compreendera a sua insinuação e sentia, do dia anterior àquele momento, a vida de modo diferente. Apesar da tristeza, esperanças novas tomavam-lhe o coração, as mesmas de todas as jovens que amam e percebem que também são amadas.

O pai notou nela um contentamento interior que ela mal conseguia disfarçar, e comentou:

— Vejo-a, filha, mais feliz depois da visita de Alfredo! Tenho percebido que ele não lhe é indiferente, como vejo também que, respeitoso, apesar de nunca ter se manifestado, ele também tem interesse em você!

— É só amizade, papai!

— Por que negar a seu pai? Sabe que ficamos só nós

dois, e se a amizade sempre nos aproximou, além do amor que sentimos um pelo outro, agora, precisamos ser mais amigos ainda! Você tem somente a mim! Compreendo os anseios do coração dos jovens, porque também já o fui e muito amei, como também fui amado! O amor é o mais belo sentimento que Deus colocou em nossos corações. É ele que nos impulsiona para as grandes ações, é ele a nossa razão de ser. E quando podemos viver com quem amamos e por quem somos amados, não há felicidade que se compare!

— O senhor amou muito a mamãe, não é mesmo?

— Sim, nos amamos muito e muito pouco tivemos da vida. Mas esse amor nos deixou você, a minha alegria, a minha própria vida, e por isso desejo vê-la feliz! Se a volta de Alfredo, apesar do momento de tristeza por que passamos, lhe trouxe felicidade, também me alegro. Alfredo é um ótimo rapaz e merece o seu amor!

— Se o senhor percebeu, não tenho como negar! Alfredo impressionou-me desde a primeira vez que adentrou esta casa com o pai e o irmão, para que o senhor os ajudasse a resolver o problema dos primos. Ficamos afastados estes anos, mas eu nunca o esqueci. Quando o vi voltar, a alegria invadiu-me a alma. Ontem, ao se despedir, ele disse que tem algo a me dizer, mas só o fará depois que estiver trabalhando. Seu olhar foi tão profundo, naquele instante, que compreendi que ele também me ama!

— Farei todo empenho para ajudá-los, se vir que esse amor é verdadeiro!

— Se isso acontecer, não quero deixar o senhor, nunca!

— Não é preciso deixar-me! Se ele a pedir em

casamento, temos esta casa que é sua, na qual poderão estar muito bem!

— Se forem apenas sonhos desta minha vida de moça ingênua, sofrerei bastante!

— Tenho a certeza de que não são, e digo mais: Não é só Alfredo que estende os olhos sobre você, mas o irmão também!

— Mas foi Alfredo que tocou o meu coração! Logo mais eles estarão aqui com o pai! Faça o melhor que puder por eles que estará fazendo por mim!

— Estarei fazendo para nós todos! Desde ontem tenho pensado muito e suponho que é hora de eu dar, também, um rumo diferente à minha vida!

— O que pretende? O senhor não vai me deixar, não é mesmo?

— Nunca faria isso, filha! Como viveria sem você! Falo no campo profissional!

— O que tem em mente?

— Vou propor-lhes que nos instalemos todos juntos! Eu voltarei a ter o meu escritório fora de casa, e o trabalho me ajudará a suportar melhor este momento que estamos vivendo! Como vê, também tenho minhas esperanças, apenas são de ordem diferente! Você vai ao encontro do amor, e eu vou à procura de trabalho, justamente para esquecer um pouco o amor tão grande que dediquei à sua mãe!

— Amor que é amor, não se esquece!

— Sim, eu nunca a esquecerei, mas estando ocupado por bastante trabalho, sofrerei menos!

Quando bateram à porta, Susana mesma foi atender, demonstrando alegria por recebê-los. Seus olhos brilharam ao vê-los, e imediatamente procuraram os de Alfredo, que já estavam pousados nela.

Convidando-os a entrar, conduziu-os ao escritório do pai onde ele os esperava, e retirou-se.

No momento em que o assunto principal começou a ser tratado, depois de uma conversa inicial, amigável, o professor, impedindo-os de prosseguir, falou:

— Antes que exponham o que têm em vista, e que os oriente quanto ao melhor local e aos procedimentos posteriores, tenho uma proposta a lhes fazer, que anula todas as providências já tomadas. Se a aceitarem, começaremos um novo trabalho para a nossa instalação, e qualquer orientação será dada no momento exato em que a dificuldade surgir!

— Em que está pensando? - indagou Alfredo, curioso. - Ouvi-o falar em *nossa* instalação...

— Entendeu-o bem! A não ser minha filha, nada mais me prende a esta casa. E como Susana é jovem e sadia, não precisa da presença constante do pai aqui. Estou pensando em me dedicar mais à minha profissão. É-me importante e necessário, neste período de minha vida!

— O senhor está querendo dizer que vai reabrir o escritório na cidade e nos convida para trabalhar em sua companhia?

— Justamente! Por que deixá-los sós, se posso acompanhá-los?

— É tudo o que mais desejávamos! - exclamou Mário, muito feliz. - O senhor nos presta um grande auxílio que não teremos como pagar.

— Vocês é que me auxiliarão! De outro modo eu nunca teria pensado em retornar! Decidi depois da sua visita de ontem, Alfredo!

— Assim um ajuda o outro! Os objetivos são diferentes mas convergem para um mesmo ponto! É muito tranqüilizador para mim, como pai, tê-lo com os olhos sobre meus filhos, diariamente, conduzindo-os corretamente, orientando-os para que sejam também ótimos profissionais!

— Ajudar-nos-emos mutuamente, cada um à sua maneira!

Alfredo, cujo pensamento se dividia entre o trabalho e Susana, indagou:

— Sua filha sabe da sua determinação de trabalhar, deixando o lar?

— Nada do que faço ou decido fica à margem do conhecimento de Susana! Já conversamos sobre a proposta que lhes faria e ela acatou-a plenamente!

Muitos pontos começaram a ser discutidos e decididos dentro dos novos planos e pretensões, e a entrevista prolongava-se bastante, deixando a jovem ansiosa e muito curiosa. Seu desejo era partilhar também da reunião, mas entendia que não era de bom tom nem seu pai permitiria. Depois ele a poria a par das resoluções e iniciativas, pois tudo o que se referisse a Alfredo a interessava. E ele, compreendendo o amor da filha pelo jovem advogado, também desejava proporcionar-lhe o melhor, para seu próprio bem-estar e tranqüilidade. É muito confortante para um pai, entregar uma filha a um cavalheiro de bem, honesto, com bons propósitos e de futuro promissor.

Ao cabo de quase três horas, eles se levantaram para sair. O professor levantou-se também para acompanhá-los, encontrando a filha à espera, fingindo ler um livro.

— Está tudo certo, Susana! Começaremos, nestes dias, a promover a execução do que pretendemos! - explicou-lhe o pai, dando-lhe conhecimento do que ficara combinado.

— O senhor vai me deixar, mesmo? - indagou ela, aproximando-se do pai e tomando-lhe o braço numa atitude de muito carinho.

— Nunca diga isso, filha! Nunca a deixarei por minha vontade e decisão, somente quando Deus me levar também!

— O momento é de alegria. Não devemos nos lembrar de nada triste! - interveio Alfredo.

— O senhor Alfredo tem razão, papai! Estou feliz que tenha se decidido a voltar a trabalhar com mais freqüência, e, ter o senhor Alfredo e o senhor Mário em sua companhia, deixa-me tranqüila.

— A senhorita confia em nós? - atreveu-se a perguntar Alfredo.

Susana abaixou a cabeça com receio de se condenar diante dos outros e nada respondeu.

— Bem, é hora de nos retirarmos! - exclamou o pai dos rapazes. - Já tomamos muito do tempo do senhor Michel!

— Apenas trouxeram-me alegria e novas esperanças!

Em poucos dias um local adequado foi encontrado e todas as iniciativas tomadas. Diante da casa onde iriam trabalhar, uma placa demonstradora de que ali se reuniam três advogados para o trabalho, foi afixada, contendo o nome dos três, encabeçada por aquele que já era conhecido pelo prestígio que sua capacidade de profissional competente lhe conferira.

Susana estava radiante de felicidade. Repetidas vezes reuniram-se em sua casa para traçarem as diretrizes a serem seguidas, discutiram pontos importantes, facilitando-lhe a presença mais constante de Alfredo.

Quando tudo estava pronto para começarem a trabalhar, ela, tristemente, falou ao rapaz:

— Agora pouco o verei! O trabalho tomar-lhe-á todo o tempo e você se esquecerá de mim!

— Não pense assim! A partir de agora é que minhas esperanças aumentam e mais se aproxima o dia de lhe falar dos meus sentimentos. Oxalá sejamos vitoriosos e esse dia não tarde muito!

— Só pela espera dele viverei!

O pai dos rapazes, participante ativo de todas as iniciativas, auxiliou-os bastante, e, vendo-os preparados para trabalhar, desejava retornar.

— Há muitos dias estou ausente de casa. Devem estar sentindo a minha falta!

— Nós também sentimos a sua falta e também precisamos do senhor!

— O que eu podia fazer por vocês, já o fiz! O trabalho, a partir de agora, a vocês pertence e, nesse particular, nada poderei fazer! Só peço a Deus que os abençoe na carreira que abraçaram e que possam sempre trabalhar com o pensamento n'Ele, praticando a justiça dos homens, para a qual se prepararam. Nunca se esquecendo, porém, de que há uma justiça muito maior que é a de Deus! A prática de uma não exime a outra! Devem caminhar pensando nas duas, para o bem-estar do cliente e para o de cada um de vocês!

— Palavras sábias! - exclamou o senhor Michel, ouvindo-o. - Não obstante trabalhemos em nome da justiça, o nosso trabalho é uma porta aberta para se cometerem iniqüidades. O senhor pode ficar tranqüilo, sou bem mais velho que seus filhos, tenho experiência profissional e a vivência que os anos me favoreceram! Procurarei encaminhá-los sempre para o bem e pelo bem, mas sei que não terei muito trabalho! Seus filhos são pessoas íntegras, esforçadas e corretas, e sabem o que devem e o que não devem fazer! Do contrário, eu nunca teria me colocado entre eles para trabalhar!

— Suas considerações alegram-me! Quando um pai ouve tais comentários a respeito dos filhos, só pode se orgulhar! Procuramos orientá-los pensando em seu futuro, mas, por mais nos esforcemos, nem sempre conseguimos fazer deles pessoas de bem! Veja os meus sobrinhos! Receberam de meu irmão o mesmo tratamento e a mesma educação de meus filhos, no entanto, não souberam se conduzir e hoje se encontram encarcerados, cumprindo pena pelos desatinos praticados.

— Quanto a seus filhos, o senhor pode estar tranqüilo!

— Amanhã irei visitar Jean e Renê, depois partirei, na certeza de que deixo meus filhos em muito boas mãos!

Muitas esperanças tomavam o coração de todos, sobretudo o de Susana que aguardava a palavra de Alfredo, mas sabia, ele só falaria quando pudesse assumir um compromisso.

Não tinha importância! Já lhe dera mostras de que a amava e também levava a certeza do seu amor. A concretização desse amor, através de uma união duradoura, era questão de muito pouco tempo.

Quando o tio dos jovens reclusos foi visitá-los, encontrou-os ainda mais arredios e distantes, como se o parentesco que os unia nada mais representasse. E aqueles poucos anos de reclusão havia-os isolado não só do mundo fora das grades, mas de todos os laços de sangue e de amor que os unia.

Lacônicos ao conversar, não fizeram nenhuma referência aos pais e, quando perguntados se desejavam mandar-lhes algum recado, responderam apenas:

— Diga-lhes o que quiser! Conte-lhes como nos viu, já é suficiente!

Desejando prolongar um pouco a conversa, o tio perguntou-lhes:

— Uma vez que se aproxima a hora de se verem libertos deste lugar, já pensaram no que farão depois? O que pretendem? Tempo para fazer planos, tiveram bastante e, sofrimento, vejo que também não foi pouco! Portanto, devem ter pensado muito bem a fim de retomarem uma vida de responsabilidades!

— Como disse, temos tido tempo para pensar e já sabemos exatamente o que vamos fazer ao deixar a prisão! Não se preocupe! - respondeu um deles, com uma entonação meio sarcástica.

— Não podem me dizer, para que eu leve alguma notícia a seus pais?

— Ainda não devemos dizer nada. Quando chegar a hora, todos saberão!

Capítulo 11

DECLARAÇÃO

Até o senhor Michel, com os preparativos para a instalação do escritório, sentiu a vida lhe voltar plenamente, embora sem se esquecer da esposa, mas compreendendo que deveria lutar para prosseguir. O trabalho era o melhor remédio.

Se um dia Deus lhes permitisse estar juntos, seria a sua felicidade. Entretanto, até lá, precisava trabalhar, trabalhar, não só em seu próprio benefício, mas encaminhando também aquele que sabia, em pouco tempo, entraria na sua família, como marido de sua filha. Conquanto ele ainda não houvesse se manifestado, muito pouco faltava.

Em poucos dias o trabalho foi chegando. Antigos clientes foram retornando, felizes por poderem contar com um profissional capaz, e os jovens também foram se vendo atarefados. No início eles participariam do trabalho do senhor Michel, mas, com vagar, iriam realizando as suas tarefas com mais independência e, em pouco tempo, cada um teria o seu rol de clientes.

Vislumbrando um grande progresso em sua carreira, assegurado pela presença do pai de Susana, Alfredo, mais destemido, decidiu falar com ela e pedi-la em casamento. Compreendendo que o senhor Michel já deveria estar a par do sentimento que os envolvia, decidiu falar primeiro com ele.

Uma tarde, quando o horário de trabalho se completava, Alfredo disse que precisava falar-lhe de um assunto particular.

— Por que não vamos à minha casa, agora, e, durante o jantar, trataremos do tal assunto?

— Não gostaria que fosse diante de Susana! É sobre ela que falarei!

— Sobre minha filha? - perguntou, demonstrando surpresa, mas compreendendo que finalmente ele criara coragem.

— Pois sou todo ouvidos! Fale, o que há com minha filha?

Alfredo relatou-lhe o seu amor por ela, dizendo-lhe que sentia que também era amado, mas precisava daquele entendimento. Se alguma recusa houvesse, assegurou-lhe, nunca mais tocaria no assunto, embora se sentisse entristecido e frustrado em suas esperanças. Pediu também, fosse qual fosse a sua resposta, que nada influísse no seu relacionamento de trabalho, que pretendia, continuasse como até então.

Feliz com a confissão do rapaz, compreendendo que levaria felicidade à filha que a aguardava ansiosamente, falou-lhe:

— Há muito percebi seus sentimentos através dos

olhares dirigidos a ela, e sei que Susana também o ama, que nada fica escondido entre nós! O seu pedido deixa-me feliz, não só por mim que o conheço bem e sei que tem caráter, mas por ela que aguarda esse momento!

Um tanto constrangido por verificar que deveria ter se condenado, mesmo tentando dissimular, Alfredo indagou-lhe:

— Posso ter a sua resposta, senhor?

— Sabe quanto o admiro e, tê-lo na minha família, como marido de minha filha, é uma alegria e uma tranqüilidade! Susana merece ser feliz! É uma ótima filha, sempre se privou dos passeios próprios da juventude para cuidar da mãe, e sei, ela o fará muito feliz! Se essa revelação representa um pedido de casamento, eu tenho apenas uma restrição a fazer, e dela não abro mão!

Preocupado, Alfredo, indagou:

— De que se trata, senhor? Receio não poder cumpri-la e ter a sua recusa!

— Você o pode! Não quero que Susana deixe a nossa casa! Minha vida seria muito solitária e triste e eu não suportaria!

— É-me constrangedor entrar em seu lar como marido de sua filha e lá permanecer, sem termos a nossa própria casa. Mas compreendo os seus sentimentos e nada tenho a me opor!

— Agora, sim, em vez de uma filha só, ganho um filho! O que nunca tive, Deus mandou-me na sua pessoa! Quando pretende falar com Susana?

— Na primeira oportunidade!

— Por que retardar a felicidade que pode levar à minha filha? Vamos juntos para casa, você janta conosco e, após, conversará com ela!

— Há o Mário!

— Pois ele não o acompanha sempre? Que o faça agora também! Sabe que o considero, como considero você!

— Eu compreendo! Mas surpreender Susana para o jantar, sem que ela nos espere...

— Será a surpresa mais agradável de sua vida e da qual ela nunca se esquecerá!

— Se o senhor assim o entende, não vou recusar! Vou falar com Mário!

A surpresa tomou o coração de Mário e sobressaltou-se com a revelação e o convite de Alfredo. Ele sabia que, mais dia, menos dia, a confissão seria inevitável, mas nunca se sentira como naquele momento.

Os seus sentimentos sufocados sofreram um abalo, mas não seria ele que impediria ou poria obstáculos à felicidade do irmão.

Ele sabia que Susana também o amava e nenhuma esperança restava ao seu coração sofredor, mas não desejava, de forma alguma, pelo menos naquele instante, ser testemunha de tanta felicidade, quando seu coração sangrava.

Depois de ouvir calado, demonstrando uma falsa alegria que o irmão nem percebeu porque seu pensamento estava todo voltado para Susana, ele falou:

— Eu não havia comentado, mas justamente hoje já havia assumido um compromisso para jantar!

— Compromisso com quem?

— Um cliente disse-me que gostaria de conversar mais detalhadamente sobre o seu caso e convidou-me! Deve convir que não estamos em condições de rejeitar clientes nem um convite dessa natureza!

— Não entendi muito bem, mas como hoje estou muito feliz, eu o desculpo! Vá para o seu jantar de negócios, solidificar seu futuro profissional, que eu vou para o meu, solidificar meu futuro amoroso!

— Seja muito feliz, mano! Você o merece e ela também!

Abraçando o irmão, olhou para o relógio, e exclamou:

— Eu também já vou! Estou na minha hora!

— Por hoje está perdoado e soube se safar muito bem do convite, mas na próxima vez não o desculpo! Quero que seja testemunha da minha felicidade e da de Susana!

Sem nada responder, Mário foi se retirando, dizendo de si para consigo: - É justamente o que eu quero evitar, ser testemunha da sua felicidade!

Andando sem rumo, Mário percorreu muitas ruas de Paris, pensando, pensando... Sabia que nunca teria nenhuma esperança quanto ao amor de Susana, mas, enquanto nada estivesse definido entre ela e o irmão, mesmo sem expectativa, não sofria tanto. A partir daquela noite, porém, em pouco tempo os dois se uniriam, e, além de tudo, ele ficaria mais só.

Cansado de tanto caminhar, avistou um bar no qual muitas mesas vazias ainda aguardavam os clientes. Entrou, sentando-se em uma delas. Nunca fora acostumado a bebidas, mas, naquela circunstância, precisava de alguma e ordenou ao garçom, lhe trouxesse uma bem forte.

De uma partiu para outra, outra e mais outra... O estômago vazio durante horas e não habituado àquele tipo de bebida, recebeu um impacto, como se tivesse se tornado em chamas que se espalharam por todo o seu ser. Em pouco tempo, a sua capacidade de raciocínio foi prejudicada e ele não sabia mais o que fazia. Ali ficou durante muito tempo!... Ria, chorava, falava, falava, como se estivesse desafogando as mágoas com alguém, mas nenhuma de suas palavras se juntava à anteriormente proferida para formar um sentido.

Quando a noite se adentrou para a hora do repouso, ele não sabia mais quem era nem onde estava. Foi colocado fora, à hora de fechar, e, sem condições de se dirigir a si mesmo, deitou-se encostado à parede do próprio bar, onde permaneceu em péssimo estado.

A manhã o surpreendeu passando mal, mas conseguiu lembrar quem era e o que havia acontecido.

Envergonhado, antes que o número de transeuntes aumentasse, ergueu-se, chamou a primeira carruagem que avistou e voltou para casa sem condições de trabalhar.

Pierre encontrava-se em casa naquela manhã e o assistiu, sem compreender a razão daquele estado.

Alfredo, muito preocupado por sua ausência prolongada, compreendeu o que se passava e penalizou-se.

- Bem que eu achei aquele compromisso muito estranho! Ele deve estar sofrendo muito! Sei que também gostou de Susana, mas nunca imaginei que seu amor chegasse a esse ponto!

Durante as horas em que Mário, depois de deixar o escritório e vagar pelas ruas, se embriagava sem conseguir reagir, Alfredo vivia momentos de muita felicidade.

Conforme o futuro sogro lhe propusera, ele o acompanhou ao seu lar, surpreendendo Susana que o recebeu alegremente, sem imaginar o motivo da visita.

— Trouxe Alfredo para jantar conosco, filha! - informou o pai, assim que entraram.

— É sempre um prazer tê-lo conosco! - exclamou ela, demonstrando felicidade por compreender que o teria em sua companhia por um tempo maior do que imaginara.

— Não queria surpreendê-la sem avisar, mas seu pai insistiu...

— Ele fez muito bem! Deveria insistir mais vezes! Acomode-se, que vou tomar as últimas providências e logo o jantar estará pronto!

Diligente e um tanto nervosa pelo inesperado, ela deu algumas ordens a mais à criada e, em pouco tempo, o jantar estava servido.

Ciente do motivo da visita, o pai de Susana, terminado o jantar, pediu licença, pretextando uma consulta a um dos seus compêndios para resolver um problema de um cliente, e foi para o escritório.

Susana convidou Alfredo e instalaram-se na sala de visitas. A confissão com o pedido de casamento deveriam ser feitos naquele instante, tão bem preparado e propício, mas a jovem de nada desconfiava. Só a companhia de Alfredo deixava-a feliz. Ele, porém, sem perda de tempo, revelou-lhe que ali estava por um motivo muito mais importante que apenas partilhar do jantar. E seu pai se retirara para facilitar-lhe a comunicação que pretendia fazer.

À medida que falava, o coraçãozinho da jovem foi se sobressaltando, envolvido por uma grande felicidade. - Chegou o momento que tanto espero! - pensou ela.

Alfredo tomou-lhe as mãos, sentindo-as fremir, mas depois percebeu-as abandonadas entre as suas. Com os olhos mergulhados nos dele, ela ouvia cada uma de suas palavras, enlevando-se tanto, a ponto de não mais sentir o chão sob os pés.

Terminada a confissão, ele soltou-lhe as mãos e abraçou-a com muita intensidade, sentindo-lhe o corpo frágil de encontro ao seu, e depositou-lhe nos lábios um beijo terno de amor.

Até então, Susana tinha apenas ouvido sem nada dizer. Depois do beijo, porém, ela afastou-se um pouco dos braços fortes que a retinham, confessando-lhe:

— Sabe que também o amo desde há alguns anos, e vivia só por esperar este instante! Compreendia que você me amava, mas esperava a revelação!

— Eu disse que só a faria quando pudesse assumir um compromisso sério! Essa revelação, além de demonstrar meu amor, significa um pedido de casamento! Já falei com seu pai e ele nada tem a se opor!

— Vamos até ele, então, contar que você me deixou muito feliz!

— Fiquemos ainda um pouco como estamos! Depois o procuraremos para falar sobre o nosso casamento!

A felicidade que ambos desfrutavam era muito grande e a viveriam plenamente por toda a vida, conforme esperavam. A discussão de detalhes não tinha pressa.

Passados os primeiros momentos de enlevo, Susana, puxando Alfredo pela mão, levou-o ao pai, que, antecipando-se a qualquer explicação, indagou:

— Então, entenderam-se? Sei que nada é preciso perguntar, pela felicidade que vejo em minha filha!

— Tem razão, papai! Estou muito, muito feliz...

— Falta-nos, agora, discutir os detalhes do casamento! - falou Alfredo, dirigindo-se àquele que logo seria seu sogro.

— Há tanta pressa assim? Deixemos esse assunto para amanhã, e agora desfrutem da felicidade que vejo em cada um! Amanhã decidiremos tudo - a data, como desejam a cerimônia, e o mais que for necessário!...

— Está bem, papai!

— Agora podem me deixar com meus livros!

À saída, Alfredo manifestou-se, dizendo:

— Para não interrompê-lo mais, quero já me despedir do senhor! Ficarei ainda um pouco com Susana e retirar-me-ei. Sabe que parto feliz e essa felicidade eu devo ao senhor! Mais uma vez lhe sou devedor da alegria e bem-estar que sinto agora, e do que tem me proporcionado no campo profissional!

— Sua felicidade você a deve somente a si mesmo! Não o conhecesse como o conheço, e não soubesse quem é, tudo seria diferente!

Os dois deixaram o escritório e permaneceram por mais algum tempo na sala de visitas em colóquios amorosos. Ao retirar-se, Alfredo prometeu voltar no dia seguinte para as decisões necessárias.

Susana acompanhou-o até à porta, recebeu um novo beijo que a tornou mais feliz ainda, e, depois da sua partida, correu saltitante para a companhia do pai.

Capítulo 12

TEMPESTADE AMAINADA

Tão feliz Alfredo deixara o lar de Susana, mas, ao entrar em casa, Mário não se encontrava. O estado em que chegara, ao amanhecer, revelava, com precisão, o que fizera e quais os sentimentos que o impeliram a tal atitude.

Pierre, porém, cuidara dele e o fizera dormir, porque só assim, ao despertar, poderia ter as idéias claras e os sentimentos apaziguados.

À hora de sair para o trabalho, Alfredo o deixou e Pierre também, porque nada mais havia a fazer, senão aguardar. Ele, por si mesmo, compreenderia a sua atitude, lamentaria a perda do controle das emoções e se policiaria, mesmo sofrendo, mesmo sem esperanças.

O dia, no escritório, transcorreu em paz. Alfredo aguardava com ansiedade o momento de rever a noiva, combinar os detalhes e o prazo para o casamento, o que seria resolvido durante o jantar para o qual ele era aguardado, sem surpreendê-la como na véspera.

Não obstante preocupado com Mário, cuja ausência do trabalho desculpou pretextando uma enfermidade ligeira, mas que exigia certo repouso, Alfredo não voltou para vê-lo naquela noite, antes de ir à casa de Susana, conforme o combinado.

Depois da decisão de todos os detalhes, daria conhecimento aos pais, através de carta, e os convidaria, assim como a todos os parentes, para assistirem à cerimônia.

Entusiasmado e pensando nas iniciativas a serem tomadas, que, nessas ocasiões, são tantas, Alfredo esqueceu-se, por algum tempo, do irmão.

Quando retornou a casa, depois de todos os acertos realizados e da cerimônia do casamento marcada para daí a dois meses, o tempo mínimo para todos os preparativos, Alfredo entrou, pensando encontrar Mário passando bem. Pretendia manter com ele uma longa conversa, fazendo-o compreender aquela situação, reerguendo-o do abatimento em que se prostrara, mas não encontrou ninguém e preocupou-se. Nem onde procurá-lo, tinha a menor idéia! Receou que ele tivesse retornado à bebida, porém, onde ir buscá-lo para trazê-lo de volta, retirando-o do vício que começava a tomar corpo, se realmente tivesse saído para beber?

Paris oferecia muitos lugares para isso e, encontrá-lo, seria difícil. Nenhuma idéia lhe ocorria porque aquela atitude não era habitual.

Mesmo assim, deu uma volta pelas imediações, visitou bares, entrou até em locais de divertimentos fáceis, contudo não o viu. Entendendo que sua tentativa fora inútil, e que Mário poderia já ter voltado, retornou, mas ele ainda não havia chegado.

Pela manhã, quando as claridades desvaneceram as sombras da noite, e logo todos se movimentariam para enfrentar mais um dia abençoado de trabalho, Mário chegou, num estado muito pior do que o da véspera. Ainda não havia recuperado totalmente o equilíbrio do seu raciocínio, e falava, falava, esbravejava e chorava ao mesmo tempo.

Ouvindo-o chegar, pelo alarde que fazia, Alfredo, sem ter conseguido dormir, levantou-se rapidamente e foi ao seu encontro, ajudando-o a entrar.

Falar com ele, naquelas circunstâncias, seria impossível e uma grande perda de tempo. Retirou-lhe a roupa amassada e suja, cheirando a álcool, e colocou-o na cama, onde, por algum tempo, ele falou e chorou até adormecer.

Alfredo estava muito preocupado. O irmão perderia mais um dia de trabalho e, se não reagisse, perderia também a dignidade e não se reergueria nunca mais. Entretanto, o que fazer?

Se na próxima noite, ele voltasse à bebida, não tinha dúvida, passaria um telegrama ao pai, chamando-o.

Temeroso e preocupado, Alfredo deixou-o e foi para o trabalho. De nada adiantaria levar ao futuro sogro nova mentira. Seria necessário expor-lhe toda a situação e pedir-lhe ajuda para contê-lo, antes que fosse tarde demais.

No escritório, antes da chegada de algum cliente, Alfredo narrou ao senhor Michel o que estava enfrentando com Mário, explicando:

— A verdade é que ontem eu não revelei o que realmente está ocorrendo! Antes fosse um problema de saúde! Procuraríamos um tratamento e ele readquiriria o bem-estar!

— De que se trata, então?

— Estou temeroso e preocupado! O problema é muito mais sério! Desde que soube que eu iria confessar o meu amor à Susana, ele não conseguiu suportar!

— O que está pensando fazer? Custa-me acreditar que Mário esteja procedendo dessa maneira! O seu amor por ela, então, é muito mais intenso que um simples entusiasmo de jovem!

— Eu sabia que ele tinha uma simpatia especial por ela, mas nunca imaginei, fosse um amor tão forte! Ele nunca me disse nada!

— Talvez por compreender que era a você que ela amava!

— É possível! Agora não sei o que fazer! Pensei até em mandar chamar papai!

— Não o assuste apenas porque Mário bebeu duas noites seguidas! Se quiser, poderei lhe falar! Se ele extravasar o que vai no seu íntimo, se sentirá melhor e compreenderá que essa atitude é o início da sua própria ruína, se não se contiver! Ele já tem o exemplo dos primos que não resultou em nada bom! São situações diferentes, mas o mundo do vício não tem fronteiras e leva aquele que nele ingressa, a lugares e situações aflitivas, complicando-o pela vida toda.

— O senhor se disporá a falar com ele?

— Com todo o prazer! A mim ele ouvirá, pelo respeito que sempre me dispensou e pela consideração que tenho por vocês.

— Quando o fará? Não sei a hora em que se levanta

e sai novamente à rua!

— Se for procurá-lo, agora, será inútil! Ainda deve estar sob o efeito do álcool e não me ouvirá! O sono dos bêbados é profundo e talvez nem consiga acordá-lo! No meio da tarde, antes de ele sair, eu irei! Se tiver sorte o encontrarei e o trarei de volta ao caminho que sempre trilhou!

Alfredo ficou mais tranqüilo e voltou ao trabalho, mas seu pensamento estava com o irmão, temendo que ele se levantasse e novamente saísse para se entregar à bebida!

No meio da tarde, conforme o prometido, o senhor Michel deixou o escritório e foi à procura de Mário.

A senhoria acompanhou-o ao quarto dele e tiveram que bater muitas vezes para que atendesse.

Quando abriu a porta, o professor assustou-se. Aquele não era o Mário, elegante e bem apessoado de alguns dias atrás. Sumariamente vestido, os cabelos em desalinho, a barba por fazer; os olhos vermelhos, e ainda perturbado pelo recente despertar e pelo efeito dos desregramentos de dois dias seguidos, não o reconheceu de pronto. Mas o senhor Michel, embora assustado, nada demonstrou, dizendo-lhe:

— Soube que não estava bem, e, como precisei sair para resolver um assunto relativo a um cliente, passei para ver se precisa de alguma coisa.

— Não preciso de nada! Quero apenas ficar só!

— Satisfarei esse seu desejo depois que me deixar ajudá-lo! Não me convida para entrar?

— O senhor nada tem a fazer aqui!

— A nossa amizade não me dá o direito de visitá-lo, quando não está bem de saúde? Pensei que fôssemos amigos!...

Afastando-se da porta, liberou a passagem. O advogado entrou, fechou-a e, acomodando-se em uma cadeira, falou-lhe:

— Agora vai me contar o que está acontecendo, o que está sentindo, pois eu quero ajudá-lo! Alfredo está muito preocupado! Vamos, diga, o que houve?

Mário ouvia as indagações, sabia que lhe devia muito respeito, mas não estava disposto a abrir o coração.

Ele insistia e Mário continuava calado, até que, em dado momento, o professor falou-lhe:

— Seus pais aqui não estão, e eu, desde que estreitamos a amizade, considero-os como filhos! Diga-me, pois, o que vai no seu coração, para tê-lo levado a uma atitude não condizente com os bons sentimentos que traz no coração? O que o magoou tanto? Seja o que for, nada há que não tenha solução! Você não pode comprometer o seu futuro por atitudes menos dignas, justamente você que sempre se esforçou bastante e primou pela correção de caráter!

Mário ouvia-o em silêncio mas, afinal, exclamou:

— Nada do que diz ou do que fiz anteriormente, tem razão de ser para mim, agora!

— O que houve para isso? Se não falar, vou considerá-lo um fraco que não sabe enfrentar uma situação adversa!

— Não sou fraco!

— É o que está me parecendo! Ninguém muda de um momento para outro, por nada. E seja o que for, há sempre uma solução!

— No meu caso não há!

— O que é, então?

— Não desejo falar!

— Bem, eu esperava que você mesmo falasse, porque lhe faria bem, mas, como insiste em guardar só para si o que houve, eu vou dizer!

— Dizer o quê?

— O motivo pelo qual está se entregando à bebida! Sempre percebi que tanto você quanto Alfredo tinham um carinho especial por minha filha, e, qualquer um dos dois que ela amasse, far-me-ia um pai muito feliz. Apenas não foi você! Não sabemos por que, nem ela mesma o sabe, mas o coração tem suas razões! O que não é admissível é que fique desse jeito, apenas porque os dois se entenderam e pretendem casar-se. Se você a ama, não lhe dê essa infelicidade! Como Susana ficará se souber o que anda fazendo por causa dela? Ninguém ama porque quer! Ela considera-o muito, mas não o ama a ponto de tê-lo escolhido para marido. O amor acontece e ninguém escolhe ninguém. Ele nos surpreende e, quando percebemos, nós é que fomos escolhidos por ele! Pense nisso! Uma vida muito longa o espera e, com certeza, um grande amor ainda lhe está reservado. Não estrague sua vida para ter direito de desfrutá-lo com dignidade, quando surgir, tornando-o feliz e fazendo alguém feliz! O mundo não se acaba por vermos nossas expectativas frustradas! Você deve ter notado que Susana tinha um carinho especial por Alfredo, e não foi escolha da razão, mas do coração! Reaja, Mário, se não por você, por ela a quem ama! Não a deixe infeliz, sentindo-se culpada de não ter conseguido amá-lo, turvando a felicidade que ela pode ter com Alfredo! Lembre-se, ele é seu irmão e está muito preocupado! Como poderá partir para o casamento, sabendo que você não soube aceitar o amor dos dois?

Fazendo uma pausa para ver a reação do rapaz, indagou a seguir:

– O que tem a me dizer, agora? Estou errado no que lhe falei? Se todos os que têm as esperanças frustradas, tomassem a sua atitude destes últimos dias, o que seria da vida? Ela prossegue e nos reserva momentos felizes. Saiba esperá-los com dignidade para poder desfrutá-los com alegria!

Mário mantinha a cabeça pendida, mas ia incorporando cada uma das palavras que ouvia, e, no seu íntimo, uma força reagia e parecia crescer, subjugando a sua fraqueza. Ele ergueu a cabeça e balbuciou, constrangido:

– O senhor tem razão, sou um fraco!

– Você teve um momento de fraqueza que pode ser superado. Vá tomar um banho, troque de roupa e reanime-se! Eu o espero! Hoje não vou permitir que repita o que vem fazendo. Quero o meu antigo aluno, o meu amigo, o meu companheiro de trabalho de volta à vida íntegra! Precisamos de você e Alfredo não merece carregar a mágoa de vê-lo infeliz! Vamos, erga a cabeça e rasgue as páginas desse livro que começava a escrever! Ele não é digno de você, de suas qualidades e virtudes, e comece a escrever outro que traga exemplos de muita força e compreensão!

Sem nada dizer, Mário obedeceu o amigo, e, em pouco tempo estava de volta, refeito e mais bem disposto.

– Vista-se como costumava fazer, que vou levá-lo ao escritório!

– Não tenho condições de trabalhar!

– Não desejo que trabalhe, hoje, que eu também nada mais farei, mas quero levá-lo para que Alfredo o veja. Depois sairemos para comer alguma coisa, que você está precisando!

Obediente, Mário fez o que o professor determinava, e logo ambos saíram.

O desejo do senhor Michel era preservar o rapaz para que não caísse na bebida mais uma vez, evitando que o vício se consolidasse e tomasse conta da sua vontade, anulando as suas qualidades e aniquilando-o de vez.

Quando os dois chegaram ao escritório, Alfredo, surpreso, levantou-se e foi ao encontro do irmão. Abraçou-o intensamente, como se tivesse estado afastado dele por um longo tempo.

— Finalmente o reconheço como o meu querido irmão, Mário! Fiquei muito preocupado! Não deixe que a amizade que sempre existiu entre nós, muito além dos laços de sangue, se estremeça! Estou feliz por vê-lo!

Mário nada respondia, sentindo-se constrangido, mas o professor, demonstrando uma certa alegria, comunicou:

— Não viemos para ficar! Hoje não trabalho mais, vou sair com Mário! Ele precisa alimentar-se e eu lhe farei companhia. Não tenho hora para retornar!

Antes de sair, porém, pretextando uma orientação relativa ao trabalho, o senhor Michel acercou-se de Alfredo e pediu-lhe, avisasse Susana. Naquela noite não jantaria em casa e não sabia a hora que regressaria. Pretendia fazê-lo somente quando tivesse a certeza de que Mário não mais se entregaria à bebida. Que ele o desculpasse com a filha, sem, contudo, falar-lhe a verdade.

Os dois deixaram de vez o escritório, conversaram, caminharam bastante e fizeram uma refeição. Mário mais ouvia do que falava. O professor aproveitava todos os momentos para lembrá-lo das suas obrigações, sempre bem cumpridas, tanto no tempo de estudante quanto após, como profissional, exaltando seu caráter.

As horas passaram. Quando ele entendeu que o rapaz não se entregaria à bebida naquela noite, e com esperanças de que não o fizesse nunca mais, levou-o de volta, e entrou em seu quarto onde permaneceu por algum tempo. Ao retirar-se, encontrou Pierre que vinha chegando e fez-lhe muitas recomendações. Mais confiante porque Mário não ficaria só, rumou para casa, mas não encontrou mais Alfredo que, em razão de sua ausência, não permanecera por muito tempo.

Quando Alfredo chegou, Mário estava recolhido e dormindo, e nada conversaram.

Na manhã seguinte, ao acordar, deparou-se com Mário, pronto para o trabalho, e, feliz, também levantou-se. Mas antes de deixarem o quarto, entendia que deveria conversar com o irmão. Pierre já havia saído muito cedo e os dois estavam sós. Temeroso, mas compreendendo a necessidade de uma conversa para consolidar de vez o que o senhor Michel havia conseguido, Alfredo falou-lhe:

— Estou feliz por vê-lo assim! Penso que o momento difícil já passou e sei como se sentiu! Contudo, deve entender, nada fiz nem Susana! Apenas houve uma atração muito grande entre nós, como poderia ter sido entre vocês! Desejo que compreenda e que não haja nenhum constrangimento, por isso! Que a nossa amizade continue, que você veja Susana como alguém que vai entrar para a nossa família, e a considere conforme ela merece, mas que, acima de tudo, você não sofra! Ainda encontrará alguém para amar e que o amará também. Dê tempo ao tempo! Logo não se lembrará mais desse momento e, feliz, constituirá a própria família. Levante os olhos para outras jovens, que, com certeza, encontrará muitos olhos pousados em você, que o tornarão venturoso!

Sem contestar nem concordar, Mário exclamou apenas:

— Não falemos mais nisso!

Sem saber o que ia no seu íntimo, Alfredo compreendeu que não deveria dizer mais nada e preparou-se, também, para o trabalho do dia.

Amigavelmente, como dias atrás, os dois seguiram para o escritório.

Constantemente, tanto o professor quanto Alfredo olhavam para ele, desejando perscrutar-lhe o âmago da alma, mas nada percebiam que os preocupasse.

Mais tranqüilo, Alfredo pensou em escrever, naquele momento, aos pais, comunicando o seu noivado e futuro casamento, convidando-os para a cerimônia que já possuía data marcada.

Os dias subseqüentes foram de paz em relação a Mário, mas de muita azáfama pelos preparativos do casamento. A cerimônia seria simples, o quarto do casal fora escolhido e estava sendo preparado. Costureiras foram contratadas para prepararem o vestido da cerimônia e completarem a confecção do enxoval, até que o dia tão esperado chegou.

Mário, o quanto lhe foi possível, manteve-se afastado da casa de Susana. Não obstante o irmão insistisse e o pai da noiva também o fizesse, ele, pretextando nada ter a ver com tantos preparativos, disse que até os atrapalharia. Susana, atarefada e ansiosa, perguntava por ele, às vezes, mas não dava maior atenção à sua ausência.

Alguns parentes haviam confirmado a presença por telegrama. Os pais compareceriam, mas, ao avô, seria impossível. Os pais de Renê e Jean também viriam e aproveitariam a ocasião para visitar os filhos.

O próprio Mário encarregou-se de lhes reservar acomodações e, dois dias antes da cerimônia, todos chegaram.

Alfredo já havia levado os seus pertences para a futura casa, deixando somente o de que ainda precisaria nesses dois dias. Nada mais faltava, senão a confirmação do compromisso através dos papéis de praxe, segundo a lei, e das bênçãos de um sacerdote, que Susana fazia questão.

A noiva foi preparada com esmero e carinho, e apresentou-se diante de Alfredo, muito mais bonita do que já o era, deslumbrando-o sobremaneira.

Ao término da cerimônia, uma pequena reunião foi proporcionada aos convidados. Todos manifestaram os seus votos de felicidade ao jovem casal e divertiram-se, distraindo-se com as guloseimas.

Tudo saíra conforme o previsto e preparado.

O abraço de despedida de Mário, que passaria a viver sem a companhia do irmão, foi muito intenso. Alfredo agradeceu-lhe a presença, dizendo da alegria que sentira ao tê-lo consigo, participando da cerimônia, e manifestou suas esperanças de compartilhar de evento semelhante, quando ele mesmo fosse o noivo.

Desejando-lhe muitas felicidades, assim como também à Susana, Mário retirou-se com os pais, o que deixou Alfredo mais tranqüilo quanto à possibilidade dele retornar à bebida.

Tudo estava concretizado. Alfredo e Susana, felizes, começariam, a partir daquele instante, uma nova vida que esperavam, seria muito feliz pelo grande amor que os unia, pois, para eles, quem ama e é amado, só podia ser feliz.

Capítulo 13

NOVO COMPROMISSO

Dois dias após a cerimônia de casamento de Alfredo e Susana, era o reservado a visitas na prisão onde estavam encarcerados Jean e Renê.

Seus pais que haviam vindo mais com a intenção de vê-los que de participar de uma reunião festiva, bem antes do horário permitido já se encontravam à porta, à espera. Desde o início do cumprimento da pena, nunca mais os visitaram. O dia da libertação estava próximo, e um contato com eles, far-lhes-ia bem.

A mãe estava ansiosa e preocupada, depois de quase cinco anos afastados. Como não podia tomar resoluções por si própria, tivera que se submeter à vontade do marido e nunca mais voltaram. Alegando que as visitas somente avivariam sofrimentos, ele procurava evitá-las, conquanto também estivesse saudoso dos filhos.

Quando o horário se deu, eles foram os primeiros a entrar. Os tios também desejavam vê-los, mas viriam mais tarde. O momento com os pais só a eles pertencia, e ninguém tinha o direito de limitar ou restringir um contato há tanto aguardado.

Ao serem trazidos, a mãe assustou-se. Aquela fisionomia alegre e quase infantil de quando deixaram o lar, não existia mais. As agruras dos anos na prisão transmitiram muita rigidez aos seus semblantes, e eles pareceram, à mãe, outras pessoas. Aqueles homens de modos rudes que estavam à sua frente, não eram seus filhos.

A presença dos pais não os abalou nem enterneceu seus corações. Aos apelos da mãe para que lhes falassem, expressando seus anseios e sentimentos, sobretudo para quando ganhassem a liberdade, um deles, que era difícil precisar qual fosse de tão parecidos, tanto na rudez quanto nas roupas, disse-lhes:

— Por que se importam conosco, agora? Quantas vezes nos visitaram e vieram presenciar o nosso sofrimento?

— Por que diz isso, filho? O que faríamos nós aqui? - indagou o pai. - Em nada modificaríamos a situação que vocês mesmos criaram! O que nos restava fazer?

— Tenho orado por vocês todos os dias, filhos! - exclamou a mãe.

— Pelo visto as orações de nada adiantaram porque ainda continuamos presos!

— Contra os fatos, não há o que fazer! Lembrem-se do quanto seu tio os ajudou! Não nos culpem pelo que fizeram! - voltou a manifestar-se o pai.

— E hoje, por que estão aqui? Sobrou-lhes um tempo da festa a que vieram assistir? Com certeza não tinham nada mais interessante a fazer! - expressou-se um deles, demonstrando rancor.

— Vocês não vieram para nos visitar mas para assistir a um casamento! Podem ir embora! Não tenham pena de nós que estamos muito bem e saberemos o que fazer, depois! - falou o outro.

— É sobre isso que desejo falar-lhes! Nós os esperamos em casa! O que farão após o cumprimento da pena? Em nossa casa, na companhia dos que lhes são caros, recomeçarão uma nova vida e ainda serão felizes!

Nenhum dos dois deu resposta, e os pais prosseguiram falando até que o tempo se esgotou, e eles tiveram que se retirar.

Mais desolada que ao chegar, a mãe dos rapazes, em lágrimas, viu-os serem levados. Pelo que demonstraram, parecia-lhes que duas pedras haviam sido colocadas no lugar de seus corações.

Era compreensível tal atitude, pelo meio em que viviam e pela índole que traziam, mas, para seu coração de mãe, era muito sofrimento.

Antes de deixarem a prisão, o pai dos rapazes procurou saber, com precisão, a data em que seus filhos seriam libertos, mas pouco puderam informar-lhe. Esse particular não competia aos funcionários que apenas cumpriam ordens, e o mandado de soltura ainda não havia chegado. Pelas contas feitas em conjunto, porém, averiguaram que, em dois ou três meses, sem precisarem o dia, estariam livres.

Renê e Jean permaneciam ainda em celas separadas. Cada vez que se encontravam para receberem visitas, com palavras quase sussurradas, iam complementando o plano que, vagarosamente, durante cinco anos, fora sendo elaborado com ódio e com detalhes.

Naquele dia, à retirada dos pais, até serem separados, um disse ao outro:

— Falta pouco! Logo faremos o que temos em mente e nenhum familiar nos verá mais. Se pensam que por ocasião da nossa liberdade, voltaremos para casa, estão enganados! Já sabemos muito bem o que fazer e como fazer!

— Precisamos averiguar primeiro. Não temos dinheiro para a nossa subsistência, mas sabemos, também, como conseguir, de início.

— Quando os primos vierem nos visitar, pediremos roupas mais novas e algum dinheiro, dizendo-lhes que, assim que formos libertos, pretendemos partir imediatamente. Não queremos ficar em Paris nem mais um dia!

— Tem razão! Saberemos como convencê-los e eles nos atenderão. Diremos que não desejamos interferir em suas vidas, para que não se sintam envergonhados, mas que nos auxiliem em benefício da paz de cada um.

— Muito bem pensado! Tomaremos as providências mas nada faremos antes de estudarmos todas as possibilidades!

Como haviam parado diante da cela do primeiro que deveria entrar, o guarda chamou-lhes a atenção e eles foram obrigados a se separar.

Pouco faltava para que o plano fosse colocado em ação. Até a barba crescida e pouco cuidada dentro da cela, teria um trato especial, dando-lhes uma aparência mais nobre e de respeito, retirando, de cada um, qualquer resquício ou lembrança dos cinco anos de reclusão.

Como o tempo transcorre a seu bel prazer, indolente

às vezes, apressado outras, conforme as expectativas ou desinteresse pelo que nos rodeia, os três meses restantes para completarem a pena, se esgotaram, durante os quais os primos os visitaram algumas vezes. Tomaram conhecimento do que desejavam, e, tão dóceis e modificados se mostraram que, sem dúvida nem receio de estarem sendo ludibriados, mas felizes por poderem ajudá-los a recompor suas vidas junto dos familiares, o pedido foi satisfeito.

Roupas novas e mais modernas lhes foram compradas e entregues à guarda da prisão para quando o dia chegasse. O dinheiro, o suficiente para as passagens de volta, com bastante sobra que lhes daria até para alguns dias em Paris, foi guardado com um deles, muito bem escondido em suas roupas, sem que nenhuma suspeita houvesse sido gerada.

No dia anterior ao da libertação, ambos foram chamados e avisados de que, na manhã seguinte, seriam soltos. Que se preparassem para enfrentar novamente a sociedade, mantendo-se íntegros, após cinco anos de sofrimento longe de casa e dos familiares. Que soubessem controlar os ímpetos e atitudes para não terem que voltar, pois a pena para reincidentes era mais rigorosa. Se não quisessem retornar, quiçá em piores condições, que cuidassem das suas ações.

Eles, obedientes ouviram, sem que nenhum dos aconselhamentos tivesse penetrado seus corações, tão felizes ficaram e tão voltados estavam ao que pretendiam.

Na manhã imediata, os dois foram chamados, e lhes foi permitido se prepararem para deixar a prisão. As roupas novas lhes foram entregues, o dinheiro já estava escondido com eles mesmos, e, antes de uma hora, após nova preleção de advertência e assinatura de papéis, ganharam a porta da rua, a mesma que haviam transposto cinco anos antes, com o coração cheio de dor e desesperanças.

Parecia, porém, que haviam esquecido aquele dia, e cada um dos que compuseram os cinco anos que permaneceram reclusos, nada lhes significara, pelas pretensões que levavam. Por outro lado, esses mesmos cinco anos lhes significaram muito, mas para acirrar ódios e revoltas, provocando neles o desejo de realizar o que pretendiam e para o qual haviam se preparado. De uma forma ou de outra, a verdade é que não levavam da prisão o coração tranqüilo, pelos propósitos que abrigavam.

Parados à porta, olharam para ambos os lados, respiraram fundo, mas um deles, diligente nas suas intenções, apressou-se em dizer:

— Não devemos ficar aqui por muito tempo! Tomemos um rumo para que ninguém nos veja! É perigoso se alguém nos reconhecer!

— Esqueceu-se de que estamos livres?

— Não esqueci! Mas lembre-se, não desejamos que saibam que já deixamos a prisão, pelo menos até nos estabelecermos num lugar bem afastado, a fim de que ninguém interfira em nossos planos.

— Se os primos vierem nos visitar e souberem da nossa liberdade, imaginarão que partimos para casa e não se preocuparão!

— Tem razão! Até que verifiquem se lá estamos, o que tenho a certeza, não farão, estaremos tranqüilos!

— Você já imaginou se, daqui a alguns dias, estivermos

de volta a esta prisão? Não acha que deveríamos usufruir da liberdade, sem assumirmos mais compromissos que a tolha de vez? Lembre-se, fomos avisados de que, na reincidência, o rigor da pena será muito maior!

– Quem disse que alguém nos apanhará! Para que serviram cinco anos de preparação?

– Bem, se é assim, retiremo-nos logo!

Apressadamente, os dois tomaram a direção contrária a que os levaria ao centro da cidade, e, bem afastados, procuraram uma pensão onde se instalaram com segurança. Dizendo terem acabado de chegar a Paris e nada conhecerem da cidade, foram indagados de onde procediam, e eles deram o nome de um local que ficava em sentido totalmente oposto à propriedade de seus familiares.

Durante o resto daquele dia, não saíram mais. Conversaram bastante, descansaram numa cama limpa e macia, alimentaram-se bem, saudosos que estavam de uma comida melhor. Mas, à noite, a altas horas, acharam que era o momento de fazer as primeiras averiguações.

– Lembre-se de que não temos muito tempo a perder! O nosso dinheiro é suficiente mas não podemos desperdiçá-lo!

Cuidadosamente, tomaram uma carruagem que os levou ao centro da cidade, e desceram justamente num ponto próximo à casa de diversões onde o crime se dera.

Qual a intenção dos dois, ao fazê-lo?

O plano idealizado tinha aquela casa como ponto mais importante, mas, dessa vez, teriam que ser bem mais cuidadosos. A experiência mostrava-lhes quão néscios haviam sido quando a ingenuidade do amor tomara seus corações e embotara-lhes a razão.

Um deles ficou na rua de trás, aguardando, enquanto o outro dirigiu-se à casa em questão e entrou. Apenas um, para não gerar suspeitas. Acomodando-se a uma mesa, logo foi abordado por uma jovem muito bonita, que ele aceitou como norma da casa, mas seus olhos procuravam muito, entre todos os casais, aquelas por quem haviam se apaixonado um dia, até que reconheceu uma delas em uma das mesas mais afastadas.

Achou-a mais bonita ainda, mas nada disse. Era preciso encontrar a outra também, contudo, por mais procurasse, não a reconheceu.

Compreendendo que já era suficiente por aquela noite, desculpou-se com a jovem e deixou a casa, indo ao encontro do irmão.

Depois de lhe contar o que vira, o irmão, meio decepcionado, exclamou:

— Sempre é alguma coisa! Pelo menos sabemos que uma delas está aí e, se não encontrarmos as duas, faremos o trabalho mesmo com uma!

O primeiro passo estava dado e Jean, que havia entrado, esclareceu ao irmão que a mulher que reconhecera era a que ele amara. A que fora a sua própria desgraça, não a encontrara.

Para a noite seguinte, ficou combinado que Renê visitaria o local. Mas deveria permanecer afastado para não ser reconhecido, originando o receio e modificando os planos.

Quando entrou, manteve-se um tanto arredio das jovens que o assediaram, mas com uma deveria ficar. Escolheu uma dentre as demais, sentou-se com ela a uma das mesas, procurou com os olhos e encontrou a que lhe interessava, conforme o irmão havia informado. A outra não foi vista.

Querendo entabular conversa com a sua acompanhante, e retirar dela alguma informação, começou por perguntar há quanto tempo ela trabalhava naquele local. Obtendo como resposta que ali se encontrava há três anos, ele aventurou-se a dizer que era de uma cidade longe de Paris, e que um amigo falava muito bem daquela casa, sobretudo das jovens que nela trabalhavam. Demonstrando ser gentil, disse-lhe um galanteio, como que corroborando a afirmação do amigo e, entre gentilezas e novos galanteios, acrescentou que esse mesmo amigo se referira a um crime ocorrido ali, há alguns anos atrás. Fora cometido por dois irmãos incautos que se apaixonaram por duas das belas jovens da casa, e que eles se encontravam na prisão, cumprindo pena pelo acontecido.

Ingenuamente, ela afirmou ter ouvido falar do episódio, mas chegara depois e não sabia dos detalhes.

Como quem não deseja levantar suspeitas e fala de modo natural e despreocupado, ele perguntou pelas jovens, *pivot* do crime.

— Uma delas, ouvi dizer que não está mais aqui! Encontrou um amor verdadeiro que a pediu em casamento, e ela, aceitando, retirou-se para o seu novo lar. A outra continua nesta casa e ainda é muito requisitada.

Procurando-a com o olhar, ela apontou-a em uma das mesas, em companhia de um cavalheiro, mas ele já a havia visto.

Desejando maiores informações sobre a que havia se casado, indagou se ela morava em Paris e quem era o seu marido.

Concluindo que ela nada mais sabia, permaneceu algum tempo em sua companhia, fazendo-lhe carinhos para que ela esquecesse o interrogatório, e, dando-lhe uma propina sem muita generosidade, retirou-se.

Alguma informação os dois já possuíam para consolidar o plano, mas, chegar até a que havia se casado, sem uma investigação segura, seria impossível, e procurá-la de forma clara e categórica, seria temerário.

Mais alguns poucos dias transcorreram, durante os quais eles foram aprimorando detalhes. E, como a que permanecera na casa era aquela por quem Renê havia se apaixonado, cabia a ele a realização do trabalho. Não seria fácil, mas não impossível.

Quando considerou chegada a ocasião, Renê apresentou-se na casa de diversão, bem apessoado e, mais maduro que há cinco anos, disfarçado pela barba farta que lhe cobria grande parte do rosto, não foi reconhecido. Solicitando de um criado uma câmara privada, disse haver estado naquela casa algumas noites atrás, e se encantara com uma jovem que gostaria de ter em sua companhia. Que se empenhasse para levá-la até ele, e, se conseguisse, ao final, a recompensa seria generosa. Dizendo o nome da que lhe interessava, que explicou haver se informado, foi conduzido à câmara requisitada, onde a esperaria para um encontro de amor muito feliz.

Depois de aguardar algum tempo, eis que ela, levada pelo mesmo criado que o atendera, entrou e parou perto da porta, procurando com os olhos a pessoa com quem iria se encontrar.

Com calma, Renê aproximou-se, não sendo

reconhecido de pronto. Dizendo-lhe que se encantara com ela e estava feliz por tê-la consigo, passou a chave na porta, e, retirando-a, colocou-a em seu bolso, sem que ela percebesse.

Em ato contínuo abraçou-a, rememorando momentos felizes quando possuía dinheiro para pagar seus carinhos e, falando-lhe que a vira há algumas noites, fascinara-se, e mais fascinado estava, naquele instante, por tê-la nos braços.

Ela, como profissional do amor, deixava-se acarinhar e também correspondia aos seus afagos, até que ele a colocou na cama e, mantendo-se em pé, pediu que ela olhasse bem para ele, dizendo-lhe:

— Retire, com sua mente, a barba sob a qual me escondo e se lembrará de mim! Recordará momentos felizes pelo amor que me inspirou, quando eu, ingênuo, deixei-me apaixonar por você. Lembrar-se-á, também, dos meus rogos, quando não mais podia pagar pelos seus carinhos, e até do que fiz por aquele amor.

Em pouco tempo ela teve aquela última cena em sua mente e deu um salto da cama, pretendendo sair, mas ele a segurou.

— Pensou que eu a tivesse esquecido? Pois enganou-se! Lembrei-me de você em cada minuto dos cinco anos que estive preso, mas não mais com aquele amor ingênuo e puro daquele tempo. Não! Tanto amor transformou-se em ódio e desejo de vingança. E com a mesma intensidade de outrora, impeliu-me a que viesse aqui, hoje, cumprir o que planejei com calma e tenho esperado realizar, aguardando este momento.

Assustada e presa por ele, ela indagou:

— O que vai fazer? Solte-me, senão eu grito!

— Pode gritar à vontade! Ninguém a ouvirá, tamanho é o rumor dos risos, das conversas e das músicas. Você está em minhas mãos e por nada eu a soltarei! Farei o que quiser com você!

Temerosa mas experiente, ela, vendo que não o convencia, começou a acariciá-lo, tentando provocá-lo para fazer reviver aquele amor antigo, mas ele, preparado, não se deixou iludir.

— Quero que me diga onde está a sua amiga! Soube que ela se casou e preciso saber com quem e onde mora.

— Eu nada sei!

— Mentira! Diga-me logo! Qual o nome do marido dela e onde estão morando?

— Ela deixou Paris, ao se casar, e eu não soube mais nada!

— Para onde foi?

— Não sei! Seu marido viajava muito e a conheceu visitando esta casa em uma das viagens! Não sei onde estão agora!

— Faça um esforço e diga-me o nome dele! Esse você sabe! Não me faça esperar muito nem perder a paciência!

Premida pelas circunstâncias e forçada pelos braços que a prendiam cada vez com mais intensidade, ela viu-se obrigada a falar. Disse o nome e sobrenome dele, acrescentando ainda que, ao se casarem, haviam partido para o sul da França.

Sem conseguir mais nenhuma informação, ele levou-a de volta à cama, forçou-a a deitar-se e, sobre ela, retendo-a com energia, tomou um dos travesseiros ali espalhados para o descanso daqueles que se divertiam com o amor, e pressionou-o com força sobre seu rosto, impedindo-a de respirar. Assim permaneceu durante algum tempo e, ao perceber que ela parara de se debater e relaxara o corpo, ele soltou-a e, apressadamente, deixou o quarto.

Esgueirando-se pelo salão com muito cuidado e naturalidade, rumou para a pensão onde provisoriamente morava, tomando uma carruagem a certa distância dali, para não provocar nenhuma suspeita.

Capítulo 14

FUGA

Apressadamente Renê entrou no quarto, do qual o irmão havia sido orientado para não sair, exclamando:

— Tudo feito! A minha parte do plano está cumprida!

— Como foi?

— Conforme o planejado e mais fácil do que esperava! Elas se mostram muito inteligentes e sagazes, mas caiu como eu supunha. A promessa de um bom dinheiro sempre atrai mulheres como aquelas. Agora resta você!

— Conseguiu alguma informação?

— Quase nada! Apenas o nome do marido e que, após o casamento, partiram para o sul do país!

— Um dia a encontrarei e farei a minha parte!

— Agora é bom deixarmos esta casa com urgência!

— Alguém o viu?

— Ninguém! Mas há o cocheiro que, mesmo com tantos cuidados, pode me condenar! Partamos agora mesmo! Pouco temos de nosso, nenhum empecilho haverá!

— Para onde vamos?

— O lugar não importa! Tomemos um trem que nos leve para longe daqui! Como medida de precaução, não é bom que nos vejam juntos. Saiamos os dois e cada um tomará, em pontos diferentes, uma carruagem para a estação. Lá não nos falaremos nem entraremos no trem pelo mesmo vagão. Faremos como dois estranhos.

— Mas para onde vamos?

— É-nos conveniente o norte! A cidade, decidiremos em seguida!

— Está bem! Quando o perigo passar, partirei em busca de realizar a minha parte, mas os planos deverão ser refeitos!

— Teremos muito tempo para isso!

Depois de determinarem a cidade para onde iriam, deixaram o quarto sem que ninguém os visse pelo adiantado da hora, e, procedendo conforme o combinado, começaram a empreender a viagem.

O dinheiro que os primos lhes deram, farto para retornarem em seguida para casa, não seria suficiente para tudo o que estavam realizando, se não tomassem alguma providência para repô-lo, fosse da forma que fosse.

Como o local para onde se dirigiam era desconhecido, pensaram em conseguir um emprego por algum tempo, até que o perigo dos primeiros dias houvesse passado. Depois, tomariam novos rumos.

Segundo Renê, quem iria reconhecê-lo? Quem poderia acusá-lo de um crime do qual não deixara vestígios? Ainda que desconfianças houvesse, onde iriam procurá-lo? Todas as precauções haviam sido tomadas, e, numa casa onde a renovação de mulheres e empregados sempre é realizada, ninguém o reconheceria, ninguém se lembraria dele.

Os primeiros dias lhes dariam o indício de como a situação caminharia, e, mesmo que o procurassem, não o encontrariam.

Jamais ele voltaria à prisão por cometer um crime de morte! - Atitudes incautas, tomam-se uma vez somente! - pensava ele.

Ao chegarem à cidade pretendida, muito distante de Paris, era quase o entardecer do dia.

Após deixarem o trem, os dois se reuniram fora da estação, sem saber que direção tomar. Diante das circunstâncias, qualquer lugar serviria, mas precisavam de um abrigo. Estavam bem vestidos e ninguém imaginaria o porquê de estarem ali.

Um pouco além da estação, informaram-se sobre uma hospedagem, e tomaram conhecimento de que algumas havia nas imediações. Procuraram a mais simples, e, por conseguinte, a mais barata, e nela se instalaram.

No entanto, para prosseguir fugindo, precisariam realizar algum trabalho para ganhar dinheiro.

Não sabiam fazer nada, nunca se aplicaram com amor a nada! Somente um serviço mais grosseiro poderia estar à disposição dos dois, e onde não precisassem revelar a verdadeira identidade, como não o haviam feito na pensão na qual se instalaram. Naquela cidade, se existisse algum Jean ou Renê, com certeza não seriam eles, que, ao deixarem o trem, assumiram outros nomes, como medida de segurança. Passaram a ser também, jovens amigos e não mais irmãos.

No motivo de lá se encontrarem, ainda não haviam pensado, mas poderiam alegar falta de oportunidade no lugar de onde provinham, e a necessidade de ganharem a vida.

Foi o que passaram a dizer e assim prosseguiriam até que se cansassem da cidade, ou se não vissem nela nenhuma possibilidade de se manterem.

Alguns locais foram visitados, mas em nenhum foram admitidos. O dinheiro findava-se e não daria para pagar nem a hospedagem, se nada conseguissem.

Um deles, diante da situação que enfrentavam, disse ao outro:

— Só nos resta um caminho!

— Se tem uma idéia, diga-a logo!

— Deixaremos esta casa durante a noite, sem que ninguém nos veja, e ainda levaremos o dinheiro que guardam, e a cuja gaveta tenho prestado atenção.

— A nossa vida, daqui para a frente, não será nada boa! Até quando fugiremos? Até quando ficaremos impunes?

— Não pense assim! Nunca nos apanharão!

— Não será melhor voltarmos para junto dos nossos?

— Você está louco?! Se descobrirem quem esteve naquela casa, na noite do crime, lá será o primeiro lugar onde nos procurarão!

— Eu não pratiquei crime algum e tenho que ficar fugindo de um lado para outro?

— Não se esqueça do combinado! Você nada cometeu apenas porque não a encontrou. Lembre-se de que prometeu cumprir a sua parte quando souber onde ela está!

— Mesmo assim acho melhor voltarmos para casa! Ninguém nos procurará lá, porque ninguém o reconheceu.

— Não é preciso que tenham me reconhecido, Quando a encontraram, se a polícia foi chamada, logo se lembraram de nós, ainda mais se souberam que deixamos a prisão!

— Devemos arriscar! Da forma como fez, pareceu morte natural, não foi o que disse?

— Não deixei nenhum vestígio, mas a polícia é inteligente e sagaz. Os caminhos que percorrerá, levarão a nós!

— Vamos fazer o que pensamos, de momento, e depois resolveremos! Se percebermos que tudo está calmo, nós voltaremos. Pelo menos lá teremos roupa e comida sem precisarmos estar fugindo.

Durante a noite, com calma e bastante cuidado para não serem ouvidos nem apanhados, arrombaram a gaveta na qual o hospedeiro guardava o dinheiro e partiram.

A estação férrea era a meta dos dois. Sem saber para onde ir, decidiram retornar a Paris, um centro grande onde poderiam permanecer ignorados.

Tomariam todo o cuidado e deixariam o trem, da mesma forma, separados. Sairiam sem que um olhasse para o outro, como se não se conhecessem, e misturar-se-iam entre os passageiros para não serem identificados.

Cuidariam para chegar durante a noite, mesmo que tivessem de interromper a viagem em algum ponto e prosseguir depois. Tudo lhes parecia favorável, e a realização do plano, uma conseqüência natural, sem entraves, sem empecilhos e sem perigo.

Em Paris, a notícia da morte de uma jovem numa casa

de divertimentos, em circunstâncias estranhas, levava a um dos dois a responsabilidade.

A polícia fora chamada e, constatada a morte por asfixia, só poderia ter sido praticada pelo cliente que a requisitara com a promessa de uma boa recompensa. Mas quem seria?

Imediatamente o acontecimento antigo foi lembrado por algumas companheiras que permaneciam na casa, mas pensava-se que ambos ainda estivessem presos.

Solicitada uma informação correta, foi apurado que já haviam cumprido a pena e sido soltos há dias.

Como era sabedora de que os primos residiam em Paris, e sempre os visitavam na prisão, a polícia não tardou em chegar até eles.

O primeiro encontrado foi Mário, que permanecera na mesma residência após o casamento de Alfredo, mas ele nada pôde informar. Tinha conhecimento de que a pena dos primos estava prestes a se completar, mas não sabia o dia exato da libertação. Sabia que pretendiam retornar para junto dos pais, e, para a execução desse desejo, haviam pedido dinheiro e roupas novas. Depois que providenciaram o que pediram, não tiveram mais nenhuma notícia. Para eles, os dois ainda continuavam presos.

— Pois se enganam! - exclamou um dos policiais. - Eles foram libertos há muitos dias, e, uma das moças, *pivot* daquele crime pelo qual eles foram condenados, apareceu morta por asfixia, depois de ter recebido a visita de um desconhecido.

A polícia despediu-se, recomendando-lhe que a informasse de qualquer notícia dos dois.

Em poucos momentos, um tanto assustado e bastante

preocupado, Mário batia à porta da casa de Alfredo.

Ele mesmo atendeu, estranhando a visita àquela hora, mas, pela ansiedade demonstrada, logo compreendeu tratar-se de algum problema sério.

Não era hábito de Mário visitar o irmão. Só o fazia se não pudesse recusar algum convite para um almoço ou jantar. Contato com ele, tinha-o diariamente durante o trabalho, assim também com o senhor Michel. De resto, quanto menos visse Susana, melhor se sentiria.

No entanto, diante daquele impasse, não pôde se furtar de procurar o irmão e o senhor Michel, para um aconselhamento.

— Aconteceu alguma coisa, vejo-o ansioso? - indagou Alfredo ainda à porta.

— Não tenho certeza, mas um acontecimento muito grave deve estar envolvendo nossos primos!

— Jean e Renê? Entre, que conversaremos mais à vontade!

Mário encontrou Susana com o pai, na sala, e, após um rápido cumprimento, ele verificou que a jovem esposa do irmão estava ainda mais bonita.

Alfredo, dirigindo-se ao sogro, pediu-lhe:

— Mário trouxe um problema e, se o senhor permitir, conversaremos em seu escritório!

— Ele agora não é só meu! Fique à vontade e, se eu puder ajudar...

— Gostaria que o senhor também ouvisse o que tenho a dizer! Talvez possa nos orientar! - solicitou Mário.

O pai levantou-se para acompanhá-los e, antes de se retirarem, Susana disse ao marido que o esperaria no quarto. Depois, voltando-se para Mário, despediu-se, oferecendo seus préstimos, caso houvesse necessidade.

No escritório, Mário narrou o que o afligia.

— Imaginava que já estivessem com os pais! - adiantou-se Alfredo.

— Será que cinco anos de prisão de nada valeram! - exclamou o advogado que os defendera. - É lamentável que tenham feito isso, se o fizeram!

— Só pode ter sido um deles! Nos últimos tempos, andavam muito estranhos, quase nada falavam quando os visitávamos, e eram lacônicos nas respostas às nossas perguntas! - lembrou Alfredo.

— Ao nos pedir dinheiro e roupas, pareceram bastante cordiais e modificados!

— Já estavam com o plano em mente e nos iludiram mais uma vez! Onde estarão agora?

— Devem ter fugido e estão bem escondidos!

— Podem ter voltado para a casa dos pais, depois de realizarem o que planejaram! - opinou senhor Michel.

— Eles não fariam isso! A polícia tem o endereço e os procurará lá também!

— Será mais um desgosto que levarão aos pais e a todos os nossos familiares, sem falarmos no vovô! - lamentou Alfredo.

— Eles não pensam em ninguém, senão na satisfação do que imaginam, seja o melhor para si mesmos! Em vez de ficarem felizes por ter sido libertos depois de cinco anos de reclusão, e de se esforçarem para recomeçar a vida em novos moldes, voltando até aos estudos, reincidem no crime, e, para toda reincidência, o castigo é maior! - considerou o senhor Michel.

— O policial falou apenas em um deles! O crime, se

o houve, e se praticado por eles, foi só um dos dois, que não sabemos qual!

— Com certeza cada um planejou assassinar a sua amada de outrora, mas, talvez, um só a tenha encontrado! De qualquer forma, nada podemos fazer, por enquanto! - voltou a falar o advogado professor.

— E se eles nos procurarem pedindo que os escondamos? - indagou Mário, demonstrando certo receio.

— Nunca fariam isso! Não se atreveriam! - considerou o irmão.

— Não tenhamos tanta certeza! Passados os primeiros dias, ao compreenderem que já devemos ter sido visitados pela polícia, poderão nos procurar!

— Ninguém, nunca, poderá escondê-los, para não ser cúmplice e passível de pena. Se isso vier a ocorrer, nenhum de vocês poderá lhes dar abrigo! Não estraguem seu futuro, acumpliciando-se com criminosos, ainda mais pela carreira que abraçaram! Lembrem-se de que trabalhamos em nome da justiça e não podemos nos desmoralizar!

— Compreendemos, senhor Michel, e nada faremos para ajudá-los, se desejarem que os escondamos! Se eles forem presos, poderemos colaborar como advogados de defesa, nada mais!

— Lembre-se de que já ficamos em situação difícil por causa deles! Foi numa circunstância bem diferente, mas eles nos convenceram!

— Agora ninguém nos convencerá a fazer o que não desejamos!

— Talvez tenhamos errado em lhes levar dinheiro e roupas!

— Quem poderia imaginar o que fariam? Mais uma vez acreditamos neles e fomos enganados! Outra vez, não haverá!

Mais aliviado, Mário deixou a casa do irmão, persuadido de que não lhes cabia nenhuma preocupação.

O que os primos haviam feito era de inteira responsabilidade deles, e só a eles cumpriria suportar a carga que lhes adviesse, sobretudo se fossem presos novamente. Advertidos e aconselhados haviam sido bastante, portanto, a ninguém cabia auxiliá-los. Adultos e inteligentes, sabiam o que estavam fazendo.

Nos dias subseqüentes, esse assunto foi pouco comentado entre ambos. Ninguém mais os importunou com indagações, e nenhuma notícia lhes chegava que lhes trouxesse algum esclarecimento. E eles, para não se verem envolvidos, preferiram manter distância.

Passados alguns dias, porém, quando Mário chegava a casa, à noite, ao virar uma esquina, foi abordado por um cavalheiro que fazia questão de manter o rosto velado pela gola alta do casaco e pela barba farta e longa, mas, de pronto, Mário o reconheceu.

— Você?!! - exclamou assustado. - O que faz aqui?

— Estamos em situação difícil, o nosso dinheiro acabou e precisamos de mais!

— Vocês nos ludibriaram! Demos-lhes dinheiro para retornarem para casa e vocês se comprometeram ainda mais!

— Não fui eu, foi Renê! Eu nada fiz!

— Com certeza por não ter encontrado aquela por quem, estultamente, se apaixonou!

— Estamos sendo procurados pela polícia e precisamos

nos esconder!

— Onde Renê está?

— Aqui por perto, mas não poderíamos aparecer juntos!

— Se nos deixar ficar escondidos em seu quarto, estaremos salvos!

— Eu não posso! Já fui procurado pela polícia e não vou comprometer-me, comprometendo a minha carreira!

— Não haverá perigo! Sei que em seu quarto há lugar! Pierre pouco permanece em casa e Alfredo casou-se! Há lugar para nós!

— Há o senhorio que é esperto! Não sou dono do quarto que alugo! Não posso escondê-los e não me procure mais! Já fizemos muito por vocês e sempre fomos enganados!

— Não nos deixe ao desamparo!

— Apresentem-se à polícia, reconhecendo sua culpa e estarão amparados! Agora deixe-me! Eu seria preso também, à menor suspeita de que estariam comigo!

— Você é nossa última esperança! Não temos para onde ir, sem dinheiro!

— Também não posso lhes dar mais dinheiro que os estarei estimulando ao crime! Vá embora e deixem-me em paz!

Irritado pela intransigência do primo e desesperado por não terem para onde ir nem dinheiro para se manter, Jean agarrou-o e entraram em luta corporal.

Mário defendia-se, mas não possuía a destreza nem a agressividade do primo e apanhou muito.

Quando Jean percebeu que ele não reagia mais,

largou-o caído ao chão e correu embora.

Mário estava bastante ferido e não tinha condições de se levantar. O lugar era pouco movimentado, ainda mais pelo adiantado da hora, até que um transeunte, vendo-o e ouvindo seus gemidos, parou para socorrê-lo.

Verificando seus documentos, constatou que ele morava por perto, e, deixando-o, foi pedir ajuda.

Em pouco tempo ele estava colocado em sua cama e o senhorio chamou Pierre com urgência.

Frente às pessoas que tentavam cuidar dele, Mário nada revelou. Porém, quando Pierre, tranqüilizando a todos, pediu que os deixassem, ele contou o que havia acontecido, preocupado em avisar Alfredo, porque poderiam fazer o mesmo com ele.

Capítulo 15

CONCEITO DE LIBERDADE

A situação complicava-se para os fugitivos. Receando novamente cair nas malhas da justiça humana que os levaria de volta à prisão, estavam cometendo atos deploráveis, um após outro.

O desespero dos que se encontram fora da lei, é sempre grande. Não reprimem impulsos infelizes, mostram-se corajosos quando querem ir à forra, praticando alguma vingança, mas não têm o equilíbrio nem a coragem suficientes para arcar com as responsabilidades de seus atos, e cada vez se comprometem mais.

Para se verem livres de uma ação menos digna, praticam outra e mais outra, até que, com o passar do tempo, perdem completamente o controle de si mesmos. Voltam-se até contra aqueles que sempre os ajudaram, se virem neles alguma atitude contrária a que esperavam.

Era o que estava ocorrendo com Jean e Renê. Passaram cinco anos arquitetando uma vingança, mas não desejavam mais voltar à prisão.

Uma parte dela fora concretizada e um deles - Renê - estava novamente comprometido com a justiça dos homens, sem mencionarmos a de Deus, que viria a seu tempo. Se fosse apanhado, sabia, o seu crime tinha muito mais gravidade. Era reincidente, e o que fora um ato impensado, naquela ocasião, agora havia sido resultado de um plano bem urdido.

Se esperaram tanto a vingança, depois de praticada, por que não se entregavam à polícia para serem julgados? Não, eles não desejavam ver-se privados da liberdade de que desfrutavam!

Entretanto, que liberdade era essa que, para possuí-la, tinham de fugir de um lado para outro, sem sossego, escondidos o tempo todo?

Que liberdade era essa que, para conservá-la, era preciso cometer mais atrocidades?

Liberdade, em sentido pleno, é um estado natural, próprio de quem cumpre suas obrigações, compromissos e deveres, sem sentir seu peso.

Liberdade é saber respeitar o limite de cada um, sem interferir no arbítrio de ninguém, mesmo que com ele não concorde.

Infelizmente, porém, para muitos, liberdade significa apenas não se verem retidos em grades, sem avaliarem que, dentro delas, embora condenados, embora num espaço pequeno e limitado, muitas vezes podem tê-la em maior grau que aqueles que se encontram do lado de fora e dela não sabem usufruir.

Liberdade não significa o espaço físico que possuímos para deambular, mas termos uma consciência tranqüila.

Liberdade é conquista, não é imposição nem usurpação. É um sentimento que parte do íntimo da alma e se exterioriza, em conformidade com o que já amealhamos em bens para o Espírito.

De que adianta a liberdade fora das grades de uma prisão - se a ela não temos direito pelos atos que praticamos? E, se para conservá-la, conquanto deturpada na maneira de ser considerada, perdêmo-la a cada uma das nossas ações indignas?

Um dia, sobre a Terra, todos viverão em liberdade, não só a dos corpos, mas a verdadeira que é a do Espírito, através dos sentimentos que abrigarão. Quando entenderem que somos irmãos, e que nada devemos fazer contra ninguém, não haverá mais prisões. Cada um respeitará seu semelhante, compreendendo que, filhos do mesmo Pai, todos gozam dos mesmos direitos. Ninguém prejudicará ninguém, e não haverá mais necessidade de se praticar a justiça humana, nem sempre imparcial, porque será um bem já integrado em cada um. Todos compreenderão que, acima dos seus interesses mesquinhos e imediatos, existe a justiça divina da qual não se pode fugir.

O amor imperará nos corações, impulsionando-os ao bem, à caridade, à prática de todas as virtudes, pois quem vive sob a égide do amor, não transgride, não pratica iniqüidades, mas apenas auxilia. E é assim que Deus, nosso Pai, todo amor e bondade, quer ver Seus filhos.

Dois ou três dias mais passaram. Mário, sob os cuidados de Pierre, foi se recuperando e retornou ao trabalho.

Alfredo, avisado do ocorrido, temia. Não por si mesmo que saberia se defender, mas pensava em Susana.

Os primos não sabiam onde ele morava nem o lugar de seu escritório, o que lhe dava uma certa segurança, mas não era difícil descobrir. Era só seguir Mário ao se dirigir ao trabalho, esperar a saída de Alfredo, segui-lo a distância sem ser descoberto, e não haveria mais segredos.

Onde andavam escondidos e de que forma estavam se alimentando, os primos não sabiam. Com certeza, deveriam estar praticando mais algum outro ato reprovável.

Susana fora advertida para não atender à porta em momento algum. Que uma criada sempre o fizesse, e ela só aparecesse se alguém de bastante conhecimento da casa a solicitasse. Que não convidasse ninguém para entrar, sob nenhuma alegação, se não fosse íntimo da família.

Avisada, Susana estava! Algumas recomendações foram feitas à criada que permanecia há longo tempo na casa, e até foram aconselhadas a não saírem à rua por alguns dias. Em caso de necessidade urgente quanto às provisões do lar, que a outra criada o fizesse, para não deixar Susana sem uma proteção maior.

Tudo transcorria conforme as advertências, e mais três dias passaram sem que nada acontecesse fora da rotina.

Na tarde do quarto dia, porém, faltou um gênero de primeira necessidade, sem o qual a refeição não poderia ser preparada.

Conforme estavam advertidas, a criada mais jovem foi mandada à rua para efetuar a compra. Renê e Jean, que aguardavam uma situação propícia, rondavam as imediações, seguros de que nem Alfredo nem o sogro se encontravam em casa.

Quando a criada saiu, concluíram que aquele seria o momento certo para o que pretendiam. Assim que a viram retornar, trazendo nas mãos o pacote da compra, eles foram se achegando com naturalidade, e, quando abriu a porta com a chave que levara, eles empurraram-na para dentro, entrando em seguida. Retiraram a chave trancando a porta por dentro, aos gritos da criada.

Ouvindo-a, tanto Susana quanto a outra criada acorreram assustadas. - O que tanto Alfredo quanto papai receavam, aconteceu! - pensou ela, bastante temerosa.

— O que está se passando aqui? - indagou Susana, esforçando-se para demonstrar energia.

— Ah, você é a esposa de Alfredo? Ele teve bom gosto, você é muito bonita! - falou Renê.

— Digam logo o que desejam e deixem-nos em paz! - gritou a criada mais velha.

— Nesta casa os criados também dão ordens?

— Retirem-se as duas e deixem-nos com a senhora! Obedeçam, senão já saberão do que somos capazes! Vamos, sumam rapidamente!

Enquanto Jean dava esta ordem, Renê aproximou-se das duas e foi empurrando-as para o interior da casa. Retornando, exclamou:

— Bem, agora podemos conversar!

Susana tremia de medo e via-se impotente para qualquer reação.

Como os dois eram os senhores da situação, ordenavam sem pedir, e Renê, munido de uma arma, prosseguiu:

— Precisamos de um esconderijo! Não temos onde ficar, nem dinheiro para pagar nada!

— Vemos que esta casa é grande e nos comportará muito bem, até resolvermos o que fazer! - falou Jean.

Com a voz trêmula, Susana conseguiu dizer:

— Aqui é impossível, meu marido e meu pai não consentirão!

— Seu marido e seu pai nada saberão!

— Como, se vivemos todos juntos?

— Arranje-nos um quarto e dê-nos comida até o perigo ter passado, depois iremos embora!

— Eu não posso fazer isso!

— Se não fizer, não estará viva para esperar seu marido! - ameaçou-a Renê.

— Se abrir a boca para falar a seu pai ou a Alfredo, morrerá também, assim como eles! - completou o irmão.

— Nós já não contamos com mais nada! Não voltaremos à prisão, e, para isso, não importa que pratiquemos mais um ou dois crimes!

— Eu não tenho como escondê-los, vão embora! - suplicava ela.

— Tem sim, a casa é grande! Se tiver, no quintal, algum cômodo para nós, será ainda melhor! Teremos mais liberdade e será menos perigoso. Mas lembre-se, se abrir a boca, morrerá! Se tivermos que passar por aquela porta, presos, vocês também não continuarão vivos! - voltou a ameaçá-la Renê.

No quintal havia um quarto utilizado para a guarda de objetos e móveis que não desejavam mais na casa, e seria fácil escondê-los, mas Susana estava com muito medo.

Jean, enquanto o irmão falava, afastou-se um pouco e, chegando à porta que dava para o quintal, viu o quarto e voltou ordenando:

— Chame a criada, ordene que limpe o quarto e depois nos leve a refeição!

Obedecendo-os, ela ordenou, fizessem o que pediam,

e, em pouco tempo, eles estavam acomodados.

Criava-se uma situação terrível de desconforto e medo, no lar de Susana. Visivelmente nervosa, ela reuniu as duas criadas e suplicou-lhes, não revelassem nada do que havia ocorrido, nem a Alfredo nem a seu pai, para que suas vidas não corressem perigo.

— Até quando eles ficarão aqui? - indagou a criada mais jovem.

— Não sei, preciso acalmar-me e pensar. Eles são assassinos e, para se manterem fora da prisão, farão qualquer coisa, mesmo matar novamente.

— Quanto tempo poderão permanecer escondidos aqui, sem que os patrões os descubram? - perguntou a outra criada.

— Nem papai nem Alfredo vão àquele quarto! Nem ao quintal, vão! O difícil será manter a calma diante deles!

— Precisamos tomar alguma providência! Como a senhora poderá ficar tranqüila diante dessa situação?

— Esforçar-me-ei e vocês me ajudarão! Levem-lhes a refeição sempre que estivermos sós em casa, e é melhor que vá a senhora! - determinou Susana, à criada que estava na casa há mais tempo. - É mais experiente e lhes imporá respeito! Não se esqueçam de nada, para que eles não saiam e façam novas ameaças!

— Cumpriremos suas ordens, mas torno a afirmar que alguma providência deveria ser tomada. Avisar a polícia, seria um ótimo recurso!

— Não façam nada, pelo amor de Deus, até pensarmos melhor! Agora vou subir e tentar descansar um pouco para quando Alfredo e papai chegarem.

As criadas retornaram ao serviço e Susana, ainda

muito transtornada, foi para o quarto, depois de tomar um chá tranqüilizante que a criada insistiu em lhe preparar.

A noite estava se aproximando e o jantar sendo preparado. Susana, em vez de se arrumar para esperar o marido, a exemplo do que fazia diariamente, continuou deitada, com os olhos fechados, pensando, pensando, e abrigando no coração muito medo.

Assim que o marido e o pai chegaram, perguntaram por ela e, à informação de que estava no quarto, Alfredo subiu imediatamente, surpreendendo-a deitada.

— O que aconteceu, minha querida? Senti sua ausência e a falta do seu beijo, esperando-me!

Enquanto falava, ele sentou-se ao seu lado, tentou acariciá-la, mas Susana não reagiu conforme ele esperava.

— O que há, querida? Não está se sentindo bem?

— Não há nada! Subi para descansar e esqueci-me das horas! Papai também veio?

— Sim, e preocupou-se por não vê-la! Vamos, levante-se que o jantar logo será servido!

— Jantar?! - indagou ela, avivando mais em sua mente todo o acontecido. - É preciso levar-lhes o jantar! - pensou.

— Sim, querida! Seu pai a espera para o jantar!

— Gostaria de ficar aqui!

— Mas, o que há? Você não se sente bem?

— Estou bem, apenas um pouco cansada!

— Deve haver algum motivo, o que fez hoje?

— Nada de diferente! Deixe-me ficar aqui! Não quero jantar! Vá, faça companhia a papai, diga-lhe que estou bem, e depois volte para ficar comigo!

— Talvez precise de um médico!

— Médico para quê?

— Se você não está bem e nada fez que a cansasse, o motivo deve ser outro, e,... se for o que estou pensando... - falou ele de modo maroto e reticencioso.

Temerosa e ainda assustada, ela indagou rapidamente:

— Em que está pensando? Já lhe disse que nada fiz e nada houve! - reafirmou um tanto áspera.

Alfredo surpreendeu-se pela forma como Susana replicou, e tentou completar o seu pensamento:

— Dizem que toda mulher, ao abrigar em si um serzinho querido, fica estranha, e eu estou achando-a estranha!

— Antes fosse isso! Sabe o quanto desejo um filho!

— Então há um motivo e você sabe bem qual é!

Pressionada e sem ter como explicar, Susana disse-lhe:

— Não é nada, apenas discuti com a criada por uma ordem mal cumprida e aborreci-me!

— Se descesse, distrair-se-ia e esqueceria, mas vou tentar compreendê-la! Logo após o jantar virei ficar com você! O que direi a seu pai!

— Nada além do que lhe falei!

A amizade e o bom relacionamento de Susana com as criadas, fizeram com que Alfredo não acreditasse nas suas palavras. Contudo, como percebeu que ela não estava bem e insistia em negar, fingiu acreditar para não prolongar o assunto que a aborrecia.

Ao descer, ordenou à criada que servisse o jantar e foi conversar com o sogro, no escritório. Contou-lhe o que observara em Susana, dizendo-lhe que ela, para esconder algum acontecimento que a desagradara, afirmara que havia se indisposto com a criada.

— Não é possível! Sempre se deram muito bem e ela procura fazer tudo para agradá-la!

— E a mais jovem?

— Essa é auxiliar da outra e está sob suas ordens, sem que Susana interfira.

— Convém conferir!

— Eu averiguarei mais tarde! Agora, vamos ao jantar!

Os dois observaram que a criada também não estava tranqüila, e, ao sentar-se à mesa, Alfredo, vendo o lugar da esposa preparado, falou-lhe:

— Esqueci-me de dizer que não precisava colocar o talher para Susana!

Antes mesmo que ele completasse, ela apressou-se em perguntar:

— Dona Susana não se sente bem?

— Não! Você sabe o que houve?

Um tanto atrapalhada, sem poder revelar a verdade, repetia a pergunta, em tom de admiração, como se indagasse a si mesma: - O que houve?! O que houve?!

— Falo com você! - chamou-a à atenção, Alfredo. - O que houve entre vocês?

— Entre nós!?... Não houve nada!

— Está bem, está bem! - interveio o senhor Michel. - Vamos ao jantar, e se Susana se dispuser, mais tarde poderá comer alguma coisa, tomar um chá...

Mais que depressa, desejando livrar-se daquela situação, a criada perguntou:

— Se não precisam mais de mim, vou para a cozinha!

O senhor Michel fez com a mão um sinal, dispensando-a, e ela, aflita, retirou-se.

Um olhou para o outro com uma expressão interrogativa, e Alfredo considerou:

— Houve alguma coisa que não estamos conseguindo precisar!

— Problemas entre dona de casa e criada, nada mais! Nesta casa não é normal, mas pode acontecer! Não vamos dar maior importância a uma situação que amanhã não existirá mais!

Terminado o jantar, o senhor Michel foi para o seu escritório e Alfredo subiu para fazer companhia à esposa. Ela ainda não havia se acalmado, e ele, solícito, indagou:

— Quer que eu mande lhe preparar um chá? Far-lhe-á bem!

— Já tomei um chá antes de subir, não quero nada agora!

— Quem o preparou?

Inadvertidamente, ela respondeu:

— Ora, a nossa querida criada, sempre bondosa e solícita!

— Então nada houve entre vocês! - concluiu ele rapidamente.

— Sempre nos demos bem, o que poderia haver?

— Você afirmou-me que havia se indisposto com ela!

Lembrando-se da desculpa inventada, Susana ficou atrapalhada, mas depois voltou a reafirmar o que havia falado.

Sem querer prolongar um assunto que estava se tornando desagradável, Alfredo tomou um livro, recostou-se ao lado da esposa e começou a lê-lo, mas não conseguia fixar-se na leitura. Constantemente interrompia-a, olhava para ela que continuava com os olhos muito abertos, até que, bem mais tarde, ela adormeceu.

Contudo, foi só por poucos instantes. Quando ele se preparava para dormir, ela despertou e, temerosa, passou a noite toda acordada.

Pela manhã, Alfredo levantou-se e Susana continuou deitada, o que nunca acontecia. Ela sempre se levantava antes, preparava-se e, com um beijo, voltava para despertá-lo.

— Não vai se levantar?

— Se não se incomodar, vou continuar aqui mais um pouco! - respondeu ela, como se tivesse medo de sair do quarto e se defrontar com a terrível realidade da qual seu lar estava sendo alvo.

— Você não dormiu bem esta noite, que eu vi! O que está acontecendo, Susana? Confie em mim!

— Não está acontecendo nada! Apenas quero ficar mais um pouco! Talvez ainda consiga dormir!

— Hoje vou levá-la a um médico!

— Não estou precisando de médico!

— Vou esperar até a hora do almoço! Se não a encontrar bem, à tarde não irei ao escritório e a levarei a um médico.

Pensando esforçar-se para levantar e apresentar-se bem para ele, à hora do almoço, Susana não discutiu mais. Entretanto, por mais a criada insistisse, quando ele e o pai saíram, ela nada comeu nem se levantou.

Capítulo 16

IMPASSE PERIGOSO

Um novo dia iniciava-se na casa de Susana, pleno de incertezas e muito receio.

O que ela poderia fazer para colocar um fim naquela situação? Nada lhe ocorria que pudesse solucioná-la sem um fim trágico...

Se contasse ao pai e ao marido, correriam risco de vida, porque os dois fugitivos não hesitariam em exterminá-los para não voltarem à prisão.

Restava-lhes um recurso: avisar a polícia, e ela mesma surpreendê-los em seu esconderijo, levando-os submetidos, sem apelação. Seria a única medida admissível, mas, e depois? Não voltaram depois de cinco anos e se vingaram de uma daquelas que fora motivo do crime e de terem ficado reclusos?

O que não fariam, mesmo depois de alguns anos, se fossem levados por denúncia de algum dos habitantes da casa?

Poderiam retornar, trucidando-os a todos.

O que fazer?

A velha criada temia, tendo-os em casa, mas estava mais temerosa por Susana. Parecia que ela, recusando-se a levantar, eximia-se de enfrentar o problema, ignorando-o e iludindo a si mesma de que nada existia.

— Precisamos tomar alguma atitude, D. Susana! Se a senhora continuar assim, o senhor Alfredo desconfiará! Ontem ele me indagou sobre o que havia acontecido! Eu não sabia o que dizer. Se a senhora se levantar e mantiver a naturalidade, tudo será mais fácil!

— Como manter-me calma e natural, tendo dois assassinos perigosos escondidos em casa? É o mesmo que termos em mãos uma arma pronta para disparar! Estamos atadas e nada podemos fazer!

— Se a senhora adoecer por essa sua atitude, serei obrigada a revelar a verdade a seu pai!

— Eu proíbo-a de fazê-lo!

— Minha ajudante hoje não veio trabalhar! Receio que não venha mais, por temor!

— Isto não é bom, despertará mais suspeitas!

— Levante-se, D. Susana, faça um esforço! É preciso para que a situação não piore!

— Não tenho forças!

— Pois esforce-se para consegui-las, até podermos resolver esse problema!

— Como?! Como?! - indagou ela em desespero.

— Logo mais vou levar-lhes o café matinal e contarei que a senhora ficou doente pelo acontecido, e que o senhor Alfredo está desconfiado de que algo estranho tenha ocorrido nesta casa. Pedirei que se retirem senão serei obrigada a falar ao senhor Michel e ao senhor Alfredo. Eu os ameaçarei também, como nos ameaçaram! Se estamos em suas mãos, eles também estão nas nossas!

— Eu aguardarei! Depois, se eles se forem, levantar-me-ei!

A criada desceu, aprontou uma farta bandeja com os alimentos próprios para uma primeira refeição e levou-lhes.

Antes de entregá-la, ela fez o que imaginara, mas os dois, com os olhos fixos no que iriam comer, não lhe deram atenção. Ao final, entendendo que tantas falas só lhes retardava a hora de se alimentarem, resolveram agasalhar os estômagos, e, aproximando-se, retiraram a bandeja das mãos da criada e mandaram-na embora, dizendo que nada fariam do que lhes pedia.

Já com a bandeja nas mãos, Renê olhou para Jean, e, sarcasticamente, indagou:

— Onde teríamos tratamento igual?

Com receio de que ela deixasse de lhes levar alimento, como um recurso que poderia ser utilizado, quando ela se aproximava da porta para sair, Jean advertiu-a:

— E atreva-se a não nos tratar bem, que entraremos na casa enquanto estiverem à mesa e acabaremos com todos!

Amedrontada e mais inquieta, ela fechou a porta atrás de si e saiu apressadamente. Ao meio do caminho, porém, parou, respirou fundo como que a se recompor e disse de si para consigo:

— Estamos nas mãos deles e nada há a fazer! Que direi a D. Susana?

Desesperançada, entrou e procurou, antes de tudo,

asserenar o coração e foi ter com Susana. Não levou nenhuma notícia animadora, mas também não revelou a verdade. Disse apenas que eles, ao verem o alimento, puseram-se a comer sofregamente e, pedindo que ela se retirasse, não lhe deram oportunidade de falar.

Todavia, pediu-lhe que ela estivesse calma e se levantasse para esperar o pai e o senhor Alfredo, a fim de que eles, vendo-a, esquecessem a preocupação, evitando mais perguntas.

Apesar dos esforços da boa criada, Susana pareceu não ouvir o aconselhamento e permaneceu acamada.

Antes do horário usual, Alfredo chegou para o almoço, juntamente com o sogro. Sem nada indagar, subiu as escadas rapidamente e deparou-se com a esposa ainda no leito.

— Você não se levantou, minha querida?

— Não tive vontade!

— Ontem à noite eu fingi acreditar no que me falou, hoje pela manhã tolerei por imaginar que logo mais você voltaria a ser o que era, mas agora, não há outra solução! Se não me contar o que sente e o que houve nesta casa, ontem, na nossa ausência, vou imediatamente buscar um médico!

— Não é preciso, eu estou bem!

— Você se alimentou pela manhã?

— Ainda não!

— Pois então! Quem está bem, não fica sem se alimentar nem permanece acamada! Vamos, conte-me, o que aconteceu?

— Nada, já lhe expliquei! Apenas a indisposição com a criada, mas já está tudo bem! Mais tarde levantarei!

— Quero-a à mesa para o almoço, agora! Vamos, eu a ajudo!

Vendo que não haveria outro meio de ele parar de indagar, ela tentou levantar-se, mas já se encontrava enfraquecida. A falta do sono e do alimento, em conseqüência da grande apreensão que lhe tomava o Espírito, abalaram-na.

Ela desceu com Alfredo, encontrando o pai preocupado:

— Nunca a vi assim, filha! Algum acontecimento muito sério deve tê-la abalado!

— Nada de importante! Eu é que não me sentia bem!

— Vamos ao almoço!

A criada alegrou-se e serviu a mesa com rapidez, mas Susana, embora se esforçando, não conseguiu alimentar-se.

— Só me resta fazer o que já deveria ter feito! Vou levá-la de volta ao leito e buscar um médico!

— Não é preciso, logo estarei bem!

— Se não se alimentar, piorará cada vez mais! Enquanto eu for buscar o médico, o seu pai lhe fará companhia!

— Não quero dar trabalho a ninguém, eu estou bem! Voltem ao escritório!

— De maneira alguma! - exclamou o senhor Michel. - Como conseguiremos trabalhar, deixando-a assim? Se tivesse se alimentado, esqueceríamos o que houve, tomando o seu mal como passageiro, mas agora não podemos adiar mais! Você, minha querida, é agora tudo o que eu tenho, e seu marido também a ama muito!

Sem mais nada dizer, Alfredo pediu ao sogro que

acompanhasse Susana ao quarto, enquanto ele iria buscar o médico. Meia hora mais tarde chegavam.

— Gostaria que me deixassem a sós com ela! - pediu ele.

— Está bem! Esperaremos do lado de fora.

A sós, o médico fez muitas perguntas, examinou-a, e, fisicamente, nada encontrou além da debilidade pela falta do alimento, mas achou-a um tanto amedrontada.

Ao término da consulta, ele mesmo abriu a porta e chamou os dois, dizendo:

— O físico está bem, a não ser um pouco enfraquecido, mas ela é jovem e se recuperará logo. Observo, porém, que se encontra assustada, resultado de algum choque que deve ter sofrido, não obstante ela negue. Se confirmasse o que tenho como certo, e explicasse o que houve, seria mais fácil. Mas, como nega, eu nada posso fazer a não ser passar-lhe algum calmante. Todavia, o alimento é necessário para superar a parte emocional. Se ela não fizer nenhum esforço, não sairá desse estado facilmente. Os cuidados médicos são importantes, mas a colaboração do paciente é de grande valia!

Sem nada a acrescentar, o médico despediu-se, Alfredo acompanhou-o até a porta, pagando seus serviços, e retornou imediatamente para junto da esposa.

— Diga-nos o que houve, filha? - insistia o pai.

Ela, porém, não reagia, passando a olhar fixamente para a porta, receando que alguém pudesse entrar repentinamente e acabar com todos eles.

Mesmo com as advertências do médico, o aconselhamento do pai e o carinho do esposo, nada a impelia a reagir e se esforçar para superar aquele momento difícil.

A criada estava preocupada e temerosa pela sua senhora.

Ela poderia pôr um fim naquela situação, revelando toda a verdade, mas as conseqüências seriam ainda piores.

O que fazer? Eles eram perigosos e não contavam com nada mais. Qualquer recurso seria utilizado, desde que fosse para evitar o seu retorno à prisão.

Enquanto ela se mantivesse calada, a sua querida menina, como freqüentemente a chamava, corria perigo de vida. Pelo próprio modo de ser, delicado e sensível, desejando preservar o pai e o marido através do silêncio, agredia a si própria, aguardando uma solução satisfatória.

À retirada do médico, diante das conclusões a que ele chegara e das advertências feitas, o senhor Michel concluiu que era preciso conversar com a criada. Ela e Susana, com certeza, escondiam algum acontecimento que, de tão grave, estava colocando em risco a vida da sua filha.

Deixando-a em companhia de Alfredo, ele desceu, foi à cozinha onde a criada fazia as arrumações, depois de ter levado rapidamente a bandeja aos foragidos, e chamou-a, pedindo-lhe que o acompanhasse ao escritório.

Assustada, ela obedeceu. O que faria? O que dissera o médico? Reconhecia, também, que não poderia ficar calada, colocando em risco a vida da sua menina.

O senhor Michel entrou, parou à porta esperando-a passar e fechou-a em seguida, passando a chave. A criada tremia.

Calmamente, porque era a melhor medida, ele pediu que ela se sentasse e começou a lhe falar da confiança conquistada por ela naquela casa; da gratidão que sentiam pelo que ela representava na sua família, por tudo o que havia feito por ocasião da enfermidade da sua esposa, lembrando todos os momentos difíceis e felizes que haviam passado juntos. Prosseguiu dizendo que, pelo apoio que sempre lhes dera e pela dedicação que demonstrava para com todos, era considerada, não uma criada, mas um membro da família.

Mais ele falava exaltando suas qualidades e demonstrando o carinho que lhe dispensavam, mais ela ficava amedrontada, sentindo-se culpada.

A certa altura, concluindo, ele acrescentou:

— Por tudo o que você representa para nós, só podemos contar com a sua ajuda, neste momento!

Ela, bastante temerosa, indagou:

— O que o médico disse?

— Justamente por isso é que a chamei! Ele afirma que o estado de Susana é resultado de algum choque, mas ela nega. Nada teria importância se não estivesse assumindo as proporções que estamos observando. Se ontem eu não dei importância supondo que teria havido alguma indisposição entre vocês, agora eu pergunto e faço questão de saber. O que aconteceu de tão grave para ter deixado Susana naquele estado? Você tem conhecimento e também me esconde! Preciso saber para salvar a vida da minha filha! Ela é tudo o que me resta e, sem ela, não resistirei! Ajude-me, pelo amor de Deus!

Sentindo a responsabilidade, mas também a gravidade da situação, ela começou a chorar.

Ele procurou acalmá-la, exortando-a a falar para aliviar-se, e, aos poucos, ela foi contendo as lágrimas e exclamou:

— Ela está nessa situação justamente para preservar a vida do senhor e a do senhor Alfredo!

— Como?! Eu não compreendo! O que houve? - indagou ele aflito.

Amedrontada por ter falado, ela procurou acalmar-se mais um pouco, refletiu e disse-lhe:

— Eu sei que preciso falar pelo bem da minha menina, mas temo pelos senhores e por nós também!

— De que se trata? O que de tão grave aconteceu?

— Se o senhor prometer me ouvir com calma, sem tomar nenhuma atitude precipitada, e, com a sabedoria com que sempre resolveu os casos dos seus clientes, resolver esse, sem colocar em risco a vida de ninguém, nesta casa, eu falarei!

— Pois fale! - pediu ele ansioso.

— Só se o senhor prometer e cumprir a promessa! Se me assegurar que irá pensar na melhor forma de resolver o problema, sem precipitação, para não assustar a menina, abalando ainda mais a sua saúde, eu falarei!

— Eu prometo! Ninguém mais do que eu deseja resolver, seja o que for, do melhor modo possível, preservando a todos nós, se diz que estamos em perigo!

Ela, embora mais preocupada, era cuidadosa.

— Seja o que for, fale, pelo amor de Deus! - implorou ele.

— Eu o farei, mas lembre-se, será pelo bem-estar da menina Susana! Lembre-se disso para não malbaratar ainda mais a situação, com alguma atitude incauta.

Tentando manter uma calma que estava longe de sentir, ele tornou a rogar:

— O que preciso fazer para que fale? Em nome de

quem devo apelar para que não me deixe mais nesta aflição?

Com muito cuidado, temerosa e preocupada, a criada lembrou com detalhes, o acontecimento da véspera. Iniciou o relato pela necessidade da saída da criada, em busca de um gênero imprescindível para a preparação do jantar, concluindo com a narrativa da instalação dos dois, no quarto do quintal da casa.

— Então é isso? Aqueles dois doidivanas assassinos encontram-se em minha casa e ainda fazem ameaças!? - esbravejou o senhor Michel, bastante enraivecido.

— Lembre-se de que prometeu manter-se calmo! Não havia outra solução, senão atendê-los!

— Eles portavam alguma arma?

— Somente um deles, que não sei qual é, e nos ameaçava com ela! O nosso medo foi muito grande!

— E desde aquele instante Susana encontra-se prostrada como está?

— A pobrezinha assustou-se muito e receia pela vida dos que mais ama!

— É muito atrevimento desses criminosos virem se instalar justamente nesta casa! O que eles estão pensando!? Que iríamos lhes dar guarida, acobertando-os de mais um crime? Eles estão muito enganados!

— Veja bem o que o senhor vai fazer para não agravar ainda mais esta situação! Compreendo a sua revolta e participo dela, mas temos que ser cuidadosos! Quero lhe fazer mais um pedido ainda!

— O que é desta vez?

— Que o senhor não conte nem ao senhor Alfredo, por enquanto, e só o faça se for muito necessário! Receio a sua reação! Os jovens são mais inconseqüentes!

— Pode ficar descansada, já estou pensando num meio de resolver esse impasse tão perigoso, sem colocar em risco a vida de ninguém!

— Posso saber para também ajudar?

— Você já ajudou muito e lhe sou grato por isso! Prossigamos como até aqui, como se eu de nada soubesse, enquanto planejo melhor o que pretendo. Continue a levar-lhes as refeições sem permanecer muito no quarto. Até o começo da noite vou tomar as providências necessárias para que amanhã estejamos libertos de problema tão grave, e minha filha comece a se restabelecer.

— Confio no senhor!

— Nada faria que viesse a precipitar acontecimentos desagradáveis e dramáticos! Agora pode ir, e mais uma vez agradeço a sua dedicação e carinho para conosco! Voltarei a chamá-la, mais tarde, para lhe dar alguma instrução nova. Pode ir cuidar dos seus afazeres, uma vez que está só!

A criada retirou-se e o senhor Michel ficou sentado no mesmo lugar refletindo em todos os acontecimentos, à procura de uma solução adequada.

Quando se levantou, foi ao quarto da filha saber do seu estado e, pedindo a Alfredo que fizesse companhia a ela, justificou:

— Preciso sair para uma solução imediata de um caso em pendência, mas permaneça com Susana para que eu vá tranqüilo! Assim que me desvencilhar da obrigação, retornarei!

Dirigindo-se à filha, disse-lhe:

— Quando voltar, quero encontrá-la melhor! Esforce-se, querida!

Ela acenou com mão enfraquecida, ao pai, e nada respondeu. Alfredo prometeu ficar e ele saiu apressadamente, sabendo exatamente aonde iria e o que faria.

Capítulo 17

DESFECHO SURPREENDENTE

Deixando o lar, o senhor Michel foi ter com uma autoridade policial do seu conhecimento, dizendo que lhe levava um problema familiar de certa gravidade, para cuja resolução precisava do seu auxílio experiente.

Narrou que há cinco anos havia sido contratado para defender dois jovens, que, em razão das evidências, haviam sido condenados.

Prosseguindo, foi dando uma a uma todas as explicações preliminares, até o ponto em que os dois, aproveitando a sua ausência e a do genro, haviam chegado à sua casa, exigindo um refúgio e ameaçando a todos, caso revelassem que lá se encontravam.

Para concluir disse que o procurara porque os dois estavam se constituindo uma ameaça muito séria à integridade física e mental de sua filha.

Ouvindo-o calado, ao vê-lo terminar, a autoridade policial exclamou:

— Finalmente vamos pegá-los! Há tempos os procuramos, em vão! O senhor nos presta um grande serviço!

— Trabalho com a lei e desejo que ela se cumpra, sobretudo quando o mal ameaça a muitos! Contudo, precisaremos ser cautelosos para que a situação não se agrave! Penso na saúde de minha filha, já abalada, e não quero que nada lhe aconteça, assim como a ninguém, nem a eles mesmos, senão que voltem para o lugar que merecem.

— Só um reincidiu no crime! O outro nada fez, conquanto seja cúmplice do irmão, por acompanhá-lo!

— Desejo que o senhor pense numa solução definitiva e se pronuncie para me dar as instruções. Mas que seja o mais rápido possível, pela saúde de minha filha!

— O senhor tem condições de retirar sua filha de casa, hoje à noite, retirando-se, também?

— Preciso conversar com meu genro! Eu não disse a ninguém o que faria, nem mesmo ele sabe o que está ocorrendo!

— Pois coloque-o a par de tudo, em seguida, e, se conseguir retirá-la, hoje à noite nós os visitaremos! Far-lhes-emos uma surpresa e eles não escaparão!

— Vou tentar e volto para avisá-lo! Porém, até que tenha a minha palavra, rogo-lhe, não faça nada, respeitando o sério problema que estamos enfrentando.

— Queremos ajudar, colocando um fim nesse caso que vem nos preocupando há dias! Agravá-lo, nunca!

— Confio no senhor e no seu bom-senso!

Retirando-se, o senhor Michel foi direto para casa. Susana encontrava-se do mesmo modo. Dizendo à filha que precisava conversar com Alfredo, sobre o caso de um cliente, ele chamou a criada para fazer-lhe companhia.

Os dois deixaram o quarto e, no escritório, o senhor Michel colocou-o a par de toda a situação.

Afoito, Alfredo levantou-se, dizendo que iria falar com os dois, expulsando-os de lá, mas, sensato, o sogro impediu-o.

— Quer colocar tudo a perder, prejudicando Susana?

— O senhor tem razão! Só por ela me conterei!

— Nada depende de nós! A polícia está avisada e pede apenas que retiremos Susana de casa e saiamos também! Você supõe que possamos conseguir isso?

— Ela está tão indiferente a tudo que não será difícil!

— Minha filha é inteligente e está assustada! Poderá desconfiar!

— Mas está enfraquecida, a pobrezinha! Talvez nem se importe!

— Para onde pretende levá-la?

— Posso convidá-la para um passeio a fim de distrair-se, e depois levá-la-ei para o meu antigo quarto! Ninguém mais precisa saber do que se passa nesta casa! Quanto a Mário, poderá nos ajudar!

— Bem pensado, mas vai ser difícil convencê-la!

— Se conseguir retirá-la daqui, sob alguma alegação, ela voltará só amanhã, liberta e esperançosa! E o senhor, o que fará?

— Eu acompanharei o trabalho da polícia!

— Não se exponha, pelo amor de Deus! Sua filha não resistirá se algum mal lhe acontecer!

— Sei me cuidar! Conheço bem esse tipo de gente! Deixarei a operação à polícia, mas preciso estar a par do que ocorrerá, até para avisá-lo quando o perigo passar!

— Tome cuidado, senhor Michel! E a criada?

— Depois que servir o jantar, eu a dispensarei! Contar-lhe-ei o que a polícia pretende, pedindo-lhe que volte só quando for avisada.

— Então nada mais nos resta a não ser tomar as medidas necessárias!

— Logo após o jantar você leva Susana, eu avisarei a polícia, e, durante a noite, ela os surpreenderá em seu sono!

Em ato contínuo, Alfredo subiu para junto da esposa e a criada desceu. O senhor Michel, que a aguardava ao pé da escada, chamou-a e informou-a do que ocorreria, se conseguissem retirar Susana de casa.

Foi-lhe recomendado que levasse a refeição aos refugiados, sem nada deixar transparecer, e que depois do jantar da família, também deixasse a casa, voltando só quando fosse chamada.

— Irei à casa de meu filho, porém, o que lhe direi?

— Absolutamente nada! Vez por outra não vai visitá-lo e passa a noite em sua casa? Pois então! Se quiser, diga-lhe que a dispensamos por hoje, nada mais!

— Estou preocupada pelo que pode acontecer aqui, senhor!

— Nada acontecerá além do que prevemos! Alfredo irá tentar convencer Susana a sair com ele e, se conseguir, nesta noite mesma ficaremos livres, e ela voltará à sua vida de antigamente!

— Está bem! Só me resta cumprir suas ordens,

confiando no que fará!

— Pensemos apenas em ficar livres deles! Isto é o que importa!

A criada retirou-se para completar os serviços e o senhor Michel ficou aguardando.

No quarto, esforçando-se para demonstrar naturalidade, Alfredo nada falou de pronto à esposa.

Depois de algum tempo, porém, ele, com ternura e delicadeza, disse:

— Tenho estado aqui pensando, querida, e, sem saber o que aconteceu para tê-la deixado como a vejo, gostaria de proporcionar-lhe algum bem-estar a mais.

Ela ouvia-o sem muito interesse, mas ele prosseguia:

— Está me ouvindo, querida?

— Sim, pode continuar! - balbuciou ela fracamente.

— Gostaria que você descesse comigo, à hora do jantar, se esforçasse para ingerir algum alimento leve, e depois, para que se distraísse um pouco, eu a levaria a um passeio de carruagem! Far-lhe-ia bem! A aragem agradável lá de fora, o ar puro, revigorariam o seu ânimo e lhe seria benéfico!

Susana nada respondeu.

— Então, você concorda comigo? - perguntou ele animado, interpretando o silêncio como uma aquiescência.

— Não tenho forças para isso!

— Eu estarei em sua companhia e a ampararei! Quem sabe, depois, você readquirirá o interesse pela vida, voltará a se alimentar e a ser o que era!

— Eu nunca mais serei o que era!

— Não fale assim! Insisto no que lhe propus! Quando voltar, estará melhor!

— Depois eu resolverei!

— Pois então pense e me dê a alegria de poder ajudá-la um pouco mais! Hoje nem trabalhar fomos, preocupados com você. Precisamos retornar à nossa vida de sempre! Senti a falta do meu beijo pela manhã, para me despertar, mas logo quero tê-lo de volta! Esforce-se e comecemos, hoje à noite, por um pequeno passeio, e, aos poucos, tudo retornará ao que era antes.

— Nada mais será como antes!

— Como não? Depende apenas de você!

— Eu não tenho mais força nem vontade!

— Se me amasse verdadeiramente, não me faria sofrer assim, vendo-a sem ânimo, com a vontade aniquilada. E, se não se alimentar, fugirá da vida! É o que quer, dar-me esse desgosto?

Tanto Alfredo falou, apelando para os seus sentimentos, que, ao final, ela respondeu:

— Comer, eu não quero, mas o passeio, estou pensando em aceitar, se você me ajudar!

— Estou aqui para isso, minha querida! É tudo o que eu mais quero, ajudá-la para vê-la retornar à vida!

Quando Susana terminava de falar, o senhor Michel entrou no quarto avisando que a criada serviria o jantar, e, olhando para a filha, perguntou:

— Não quer nos fazer companhia, agora, filha? Eu e Alfredo ficaremos muito felizes! Que tal a idéia de ir jantar levada pelo braço de dois cavalheiros que a amam! - indagou ele, tentando demonstrar um certo ar maroto.

Susana, porém, recusou, e Alfredo, manifestando-se, disse-lhe:

— Tenho ótimas notícias, senhor Michel!

— Ah, sim! E quais são elas, se vejo minha filha enferma, sem vontade de nada?

— Pois ela concordou em fazer um passeio de carruagem, após o jantar!

— Não diga?! Fico feliz! Far-lhe-á muito bem, filha! A aragem fresca da noite revigorará seu físico, e a vontade de se alimentar, retornará! Vamos, pois, ao nosso jantar, para que o passeio chegue logo!

— O senhor poderá jantar só, e eu irei depois, enquanto fará companhia à Susana!

— Então, invertamos! Você jantará primeiro e depois eu irei! Assim, poderão ir mais cedo ao passeio!

— Está bem!

O combinado se cumpria e Susana, sem imaginar o que tinham em mente, concordou em sair.

Depois de ter se alimentado, Alfredo retornou, dispensando o senhor Michel e começou a preparar Susana. Penteou-lhe os cabelos, vestiu-lhe uma roupa mais quente, e, apoiada nele, ela desceu as escadas, desejosa de deixar a casa. Assim que chegou ao andar térreo, instintivamente, ela fixou o olhar em direção ao quintal, o que não passou despercebido do pai e do marido. Em outras circunstâncias, esse detalhe não teria nenhuma importância, mas, naquela, tinha um grande significado.

Alfredo deixou-a com o pai e foi à rua em busca de uma carruagem. Em poucos instantes, estava de volta.

Tornando a indagar se ela não desejava mesmo alimentar-se, e, obtendo a negativa, ele conduziu-a à carruagem e ordenou ao cocheiro que tomasse a direção que a situação requeria.

Vendo-os sair, senhor Michel liberou a criada, e, apressadamente foi avisar a autoridade policial, permanecendo em sua companhia, desejoso de participar das providências.

Enquanto isso, a carruagem deslizava por muitas ruas de Paris e aproximava-se do objetivo de Alfredo. Quando se encontravam quase em frente à casa onde ele residiu até se casar, e onde Mário ainda permanecia, ordenou ao cocheiro que parasse.

Com a cabeça apoiada no ombro do marido, Susana indagou:

— Por que paramos?

— Você não conhece a casa onde morei por muitos anos, e, como estamos aqui em frente, gostaria que a visse. Vamos, eu a ajudarei a descer e você descansará um pouco!

Sentindo-a vacilar, ele indagou:

— Parece que já quer voltar para casa?!

— Não, não quero voltar para lá! - exclamou ela apressadamente.

— Pois então venha comigo, eu a ajudarei!

Em instantes, Alfredo batia à porta do quarto do irmão, que, ao vê-los, assustou-se.

— O que aconteceu? Como está, Susana?

— Ela não está muito bem! Podemos entrar?

Estranhando aquela situação, ele deu passagem aos dois, e Alfredo recostando Susana confortavelmente em uma das camas vazias, falou:

— Preciso pagar o cocheiro!

— Eu mesmo o farei! - prontificou-se Mário, saindo rapidamente.

Deixando-o ir, Alfredo pretextou a lembrança de um detalhe qualquer ao qual Susana não deu importância, e saiu apressado atrás de Mário que dispensava o cocheiro. Em rápidas palavras, o mais sucintamente possível, explicou-lhe o que estava acontecendo e o que iriam fazer.

— É muito perigoso!

— Era a única solução! Agora voltemos, para não gerar desconfianças! Devemos passar a noite aqui, e, se houver algum quarto vago, tome-o, para deixarmos Susana à vontade!

Mário consultou o senhorio da possibilidade de um outro quarto, explicando que Alfredo, por motivos de saúde da esposa, trouxera-a para passar a noite em seu antigo quarto, retirando-a de casa.

Foi-lhe arrumado um quartinho pequeno, reservado para situações de emergência, e ele voltou, dizendo que tinha um compromisso e não sabia a que horas voltaria. Pegou o de que necessitava, sem que Susana desse atenção e saiu, deixando os dois a sós, ocasião em que Alfredo aproveitou para tentar convencer a esposa a passarem a noite ali mesmo.

— Vejo-a bem, querida, um pouco mais animada!

— Longe de casa senti-me melhor, e até uma pequena vontade de comer começa a ser despertada em mim!

— É a melhor notícia que ouço desde que tem se mantido nesse estado de prostração e indiferença! Vou mandar preparar uma caldo leve e quente que agasalhará seu estômago, auxiliando-o a voltar a receber o alimento regularmente.

Susana nada respondeu, e Alfredo saiu à procura da senhoria para fazer o pedido.

Retornando ao quarto com bastante rapidez, encontrou a esposa quase adormecendo, mas, à sua entrada, ela abriu os olhos.

— Não durma ainda, querida! Sua refeição não tarda a chegar! Se preferir, passaremos esta noite aqui!

— Gostaria! Estou me sentindo melhor longe de casa!

— Está bem! Mário deixou-nos à vontade, dizendo que não retornará tão cedo!

Logo o alimento solicitado chegou e Alfredo, com dedicação, empenho e carinho, fez com que ela o tomasse.

Enquanto isso, na casa do senhor Michel, uma outra situação se preparava, que poderia ser de muito perigo, como também, a resolução definitiva de um problema que se agravava hora a hora.

Ele se encontrava no posto policial onde fora levar a notícia de que tudo estava favorável para a execução do que desejavam. Os policiais que participariam da estratégia estavam instruídos, todas as recomendações haviam sido feitas, e, após o aviso, foram reunidos novamente e recapitulou-se o que e como deveriam fazer. Nada mais faltava, senão acompanhar o responsável pelo local e aguardar o momento propício.

Conforme lhes fora recomendado, a invasão ao quarto deveria ser efetuada a altas horas da noite, enquanto eles, presumivelmente, estivessem dormindo, para evitar qualquer reação.

Cuidadosamente os policiais foram introduzidos na casa onde permaneceram em vigília silenciosa e, um pouco depois da meia noite, quando entenderam que os dois deveriam ter adormecido, os policiais dirigiram-se, pé ante pé, ao quarto do quintal, e, ao tentarem, com muito cuidado, abrir a porta, ela se encontrava trancada.

Pretendendo arrombá-la para não perderem a oportunidade de capturar os jovens, muito barulho foi feito, e os dois, despertando, perceberam o que se passava.

Renê levantou-se rapidamente e, empunhando a arma que traziam, colocou-se em um canto perto da porta, enquanto Jean, sem saber o que fazer, pulou para debaixo da cama.

Quando os policiais conseguiram abrir, o primeiro que entrou foi atingido por Renê, ficando estendido no chão. Ato contínuo, os outros que lhe seguiram, desfecharam suas armas, atingindo-o com muitos tiros, prostrando-o ao chão imediatamente, em meio a uma poça do sangue.

Jean não demorou para ser descoberto, e, como não estava armado, não ofereceu resistência e foi preso. Ao ver o irmão morto no chão, o seu desespero foi grande. Aos gritos, tentou debruçar-se sobre ele, mas, como se encontrava submetido pelos policiais, não conseguiu, e logo foi retirado de lá.

Do lado de fora, o senhor Michel, ouvindo os tiros, concluiu que o pior deveria ter acontecido, e lamentava, porque não era o que desejava.

Quando Jean passou por ele, por dentro da casa, lançou-lhe um olhar de ódio, mas nada disse.

— Infelizmente não saiu como pretendíamos e perdemos um dos nossos companheiros! O jovem que o atingiu também foi morto! - comunicou-lhe um dos policiais.

— É lamentável que tudo isso tenha acontecido! O que farão agora?

— Levaremos este para a prisão e enviaremos outros companheiros para fazerem a retirada dos corpos. Pelo menos agora o seu lar estará livre de ameaças.

O senhor Michel acompanhou-os até a porta mas não deveria deixar a casa. Um dos policiais foi designado para permanecer à espera dos que viriam, e, com todas essas medidas, o dia estava claro quando toda a operação foi terminada.

Depois de retirados os corpos, o senhor Michel mesmo providenciou a limpeza do quarto. Lavou-o por completo para apagar todos os vestígios de sangue, tirou as roupas de cama, amontoou-as num pacote para colocá-las no lixo, e o quarto adquiriu outra aparência.

A noite fora de muitas preocupações, tivera um fim trágico, mas estavam livres. Embora lamentando o ocorrido, o senhor Michel repetia constantemente de si para consigo: - Eles mesmos procuraram esse fim!

Capítulo 18

RECOMPOSIÇÃO

A noite havia sido agitada, cheia de expectativas, temores e preocupações, e terminara com um acontecimento trágico, com o qual não contavam.

Não pôde ser de outra forma, e a vida precisava prosseguir.

— Ah, filha querida! - exclamava o senhor Michel, ao lembrar-se dela. - Colocou em risco a própria vida para preservar a mim e a Alfredo! Sempre foi sensível e delicada, nunca enfrentou problemas dessa natureza, e acabou fechando-se em si mesma, tão apavorada ficou! Agora, porém, nossa casa está liberta e o perigo passou!

Envolto por tantos pensamentos, lembranças e conjeturas, sem sentir o cansaço que a noite lhe deixara, ele pensou em ir buscar a filha imediatamente.

O que lhe diria? Precisaria mascarar a verdade, suavizando a narrativa, escondendo detalhes, para trazê-la de volta ao lar, sem receios nem preocupações.

Lembrou-se da criada e precisava também avisá-la para que retornasse antes de Susana, emprestando ao ambiente a aparência de rotina. Depois avisaria Alfredo, sem deixar que a filha o visse ou percebesse a sua presença.

Saiu à rua, tomou a primeira carruagem que encontrou, e fez o que havia imaginado.

Chegando ao local onde sabia, o casal havia passado a noite, mandou chamar Mário, em primeiro lugar, e contou-lhe o sucedido, lamentando o desfecho trágico, mas reconhecia, eles mesmos o haviam provocado. Encarregando-o de dizer a Alfredo que poderiam retornar, ele voltou para casa.

Simulando estar voltando àquela hora, Mário bateu à porta do quarto e Alfredo atendeu-o logo.

— Como está Susana? - indagou ele um tanto agitado mas muito consternado.

— Passou bem a noite toda e ainda dorme!

— Feche a porta e afastemo-nos um pouco! - pediu ele, sussurrando, cuidadoso.

Seguindo sua determinação, Alfredo obedeceu-lhe.

— Preciso contar o que aconteceu! O senhor Michel acabou de me avisar que podem retornar, mas você precisa saber o que houve!

— Está bem, fale logo!

— Aconteceu o pior!

— O que é o pior nestas circunstâncias?

— Renê matou um policial e foi morto pelos outros que o acompanharam.

Assustado com a notícia, e pesaroso, Alfredo considerou:

— Não era esse o fim que desejávamos! E Jean?

- indagou em seguida.

— Foi levado preso!

— Segundo temos notícia, somente Renê era culpado e Jean será solto logo, trazendo-nos perigo novamente!

— Não pensemos nisso agora! Vá ficar com Susana e, assim que ela acordar, leve-a de volta para casa que o senhor Michel está esperando.

Quando ela acordou, Alfredo já estava de volta e, demonstrando naturalidade e uma alegria que estava longe de sentir, exclamou:

— Este quarto fez-lhe bem, querida! Você dormiu a noite toda, mas agora precisamos voltar para casa!

— Não tenho vontade de voltar!

— Aqui é que não podemos ficar! Vou ajudá-la a levantar-se e vamos tomar o café em nossa casa!

— Eu não gostaria de voltar! - insistia ela.

— Mas é preciso, vamos! Seu pai deve estar preocupado esperando-nos!

Sem contestar mais, ela foi se deixando levar pelo marido, e entrou em casa alguns momentos mais tarde, olhando para todos os lados, desconfiada e temerosa.

O pai, vendo-os entrar, indagou:

— Onde passaram a noite? Fiquei preocupado, mas tranqüilizei-me, sabendo que estavam juntos!

— Susana passou bem e dormiu a noite toda!

— Onde estiveram?

— Levei-a ao meu antigo quarto e lá ela se sentiu bem!

— Essa saída de vocês foi providencial! Não imaginam o que aconteceu nesta casa, esta noite!

Assustada, Susana arregalou os olhos e perguntou apavorada:

— O que aconteceu, papai?

— A polícia foi avisada de que seus primos, Alfredo, escondiam-se nesta casa e, a altas horas, bateram à porta! Pensando que fossem vocês, atendi apressado, mas deparei-me com a polícia e assustei-me! Como eu não sabia de nada, neguei! - Precisamos averiguar! - falou um deles. - Pois que entrem! Aqui não encontrarão ninguém! Não damos guarida a criminosos, seja quem for! - respondi. - Eles entraram, procuraram por toda a casa até que os encontraram no quarto do quintal e os levaram de volta à prisão.

E, dirigindo-se à filha, afirmou, em forma de indagação:

— Você sabia, não é mesmo, Susana! Eles foram a causa do estado em que se encontra, e, temerosa, nos escondeu a verdade! Resta saber quem teria avisado a polícia, mas isso não nos interessa mais! Agora estão presos novamente e não oferecerão perigo a ninguém!

— Foi a criada! Ninguém mais sabia! - concluiu ela.

— Ela negou e demonstrou surpresa também! Apesar de saber, não avisou a ninguém, manteve-se fiel. Só depois que os levaram, foi que me contou o que havia acontecido nesta casa!

— Então o pior já passou! Nada mais oferece perigo nem é causa de receios! - considerou Alfredo. - Ouviu, Susana, não precisa mais temer! Depois eu quero saber todos os detalhes dessa história, se havíamos recomendado cuidado.

Susana ouviu o relato do pai mas não estava convencida da verdade e, olhando para Alfredo, pediu:

— Leve-me ao quarto onde eles estavam, quero verificar!

— Ninguém está lá, filha! O quarto está vazio! A criada já começou a arrumá-lo!

— Quero ver!

— Pois que a leve, Alfredo! É bom que veja por si mesma!

Ao chegarem à porta, Susana olhou-a demoradamente e descobriu, no batente, uma mancha de sangue que passara despercebida do senhor Michel.

— A verdade não me foi contada! O que aconteceu aqui, esta noite? Eles não foram apenas presos! Algo mais grave deve ter ocorrido e estão me escondendo!

— Não deve ter acontecido nada além do que seu pai contou!

— Por que, então, esta mancha de sangue?

— Eles devem ter reagido à chegada da polícia, nada mais!

Sem nada responder, ela deixou o quarto e entrou em casa seguida de Alfredo. Em presença do pai, indagou:

— O que realmente aconteceu, papai? Há sinais de sangue no batente da porta!

— Nada além do que já contei! É certo que não se entregaram à polícia sem reação, e, se há sangue, alguém deve ter se machucado na briga. Eu nada sei! Apenas vi os dois sendo levados, mas fiquei a distância, não participei de nada!

— Quero ir para o meu quarto! - exclamou ela.

— E o nosso café, veja, já está sendo servido!

— Não tenho vontade!

— Então faça-me companhia! Nada mais há a temer!

— Quero ir para o meu quarto! - repetiu ela, sem dar muita atenção ao que diziam.

— Está bem, eu a acompanharei, mas pedirei que levem uma bandeja para nós, lá em cima!

O pedido foi feito e, em poucos instantes a bandeja foi levada, mas Susana já estava acomodada na cama.

Diante da sua recusa em comer, Alfredo insistia:

— Compreendo que deseje ficar deitada, está enfraquecida e passou por horas difíceis que poderiam ter sido amenizadas, se tivesse dividido conosco os seus receios. Mas agora tudo já passou! É preciso alimentar-se!

Demonstrando indiferença, ela nada respondeu, virou-se para o lado como que para alhear-se do ambiente e voltou à prostração anterior.

— Devemos chamar novamente o médico! - falou-lhe Alfredo. - Ao menos o seu diagnóstico estava correto! Agora o chamaremos para ajudá-la a sair deste estado.

O senhor Michel, preocupado, subiu em seguida e, vendo a filha do mesmo jeito de antes, ficou desolado. Sentou-se na beirada da cama e falou-lhe com muito carinho, tentando reanimá-la, mas não estava conseguindo.

— Preciso trabalhar, filha, e gostaria de encontrá-la em pé, à hora do almoço, participando conosco da mesa!

— Eu ficarei, senhor Michel! Farei companhia a ela e me empenharei para que se alimente! Do contrário, hoje à tarde irei em busca do médico, novamente!

A hora do almoço chegou e, por mais que Alfredo e a criada insistissem, Susana mantinha-se apática. A sua mente era um turbilhão de temores. Sem contestar as afirmativas do pai, ela compreendeu que um acontecimento muito grave deveria ter se passado em sua casa. Fizera muitos pensamentos mas não conseguia imaginar quem avisara a polícia. Desconfiava da criada e sabia que tudo havia sido preparado, pelo empenho de retirarem-na de casa, justamente naquela noite. Eles eram perigosos, e, se ainda estivessem vivos, mesmo que passassem alguns anos, voltariam para se vingar como haviam feito com a jovem, causa do primeiro crime.

Mais ela pensava, mais se atormentava e se abatia. A criada, amiga de tantos anos, tentou explicar-lhe, confirmando as palavras do senhor Michel, mas nada a convencia.

Alfredo, preocupado, concluiu:

— Nada mais me resta a fazer, senão ir buscar novamente o médico! - e, numa última tentativa, apelou para os seus sentimentos: - Você, minha querida, é muito importante para mim e não quero perdê-la! Se me ama como tem me afirmado e demonstrado, e ama também a seu pai, reaja por nós! Não nos dê esse desgosto de vê-la definhar pela indiferença! Mal começamos a nossa vida, temos muito pela frente e quero ver esta casa cheia de crianças, os nossos filhos, correndo, brincando e alegrando-nos.

Alfredo continuou e Susana foi sendo despertada pelas suas palavras. Assim que ele terminou, sentou-se na cama, abraçou-o profundamente, chorou muito e implorou que a ajudasse.

— Eu entendo o que me diz, e sabe que o amo muito, como também a meu pai! Vocês são as duas pessoas que fazem a razão do meu viver, mas encontro-me abalada e temerosa. Ajude-me, Alfredo!

— É o que venho tentando fazer desde que se prostrou nesta cama, mas nada tem adiantado!

— Eu vou esforçar-me! Eu quero ser feliz novamente, quero dar-lhe muitos filhos, como você lembrou agora, mas sinto-me sem forças!

— Nada mais há nesta casa para atemorizá-la, nada acontecerá! Aqui estamos somente nós, a sua família, o seu pai e eu, que você diz amar! Se verdadeiramente nos ama, faça-nos felizes, demonstrando que também o é! Seu pai está muito preocupado. Lembre-se de que você foi a única pessoa que restou na vida dele, depois da partida de sua mãe! Lembre-se, do quanto ela sofreu sem nada poder fazer, desejando levantar-se e ser feliz com vocês, e não se atire, por si mesma, a sofrimento igual, por sua própria vontade! Não se deixe abater, lute! Levante-se, enquanto é tempo! Vamos, eu a ajudarei e a levarei para almoçar comigo. Dê essa alegria a mim e a seu pai!

Susana, compreendendo que ele estava com a razão, sem nada dizer, foi tentando levantar, e ele, mais que depressa, ajudou-a até a mesa do almoço.

A criada, vendo-a, carinhosamente se achegou, indagando:

— O que a senhora deseja comer, D. Susana? Se quiser algum prato diferente do que há na mesa, é só pedir que providenciarei!

— Não é preciso! Vou me esforçar para comer um pouco! O que tem está bem!

Alfredo preparou-lhe um prato com um pouco do que sabia, ela gostava, e, devagar, ela foi se alimentando.

Ao término, ele a levou de volta ao quarto e ficou em sua companhia, pedindo à criada que, no meio da tarde, lhe levasse um chá, para que o hábito e o desejo de se alimentar fosse retornando.

Naquele resto de dia, Alfredo não foi trabalhar e fez companhia à esposa. Conversou bastante com ela para ajudá-la a desvanecer receios, e, no fim da tarde, Susana parecia outra. Estava mais animada e até desejou preparar-se melhor para esperar o pai.

Alfredo foi ficando mais esperançoso, mas uma preocupação muito grande tomava o seu coração, além da que estava tendo com a esposa.

Afinal, Renê era seu primo, haviam sido criados juntos, e, apesar de tudo, lamentava o fim que ele tivera. Pensou em seus pais que os esperavam retornar para casa, e não sabia como avisá-los do acontecido. De qualquer forma, teria que fazê-lo.

À noite, assim que Susana adormeceu, ele foi à procura do senhor Michel para saber o que havia sido feito com o corpo de Renê.

— Pelo que me consta, teve os funerais que têm aqueles que fazem o que ele fez, cujos familiares não aparecem para reclamar o corpo. Foi enterrado aqui mesmo!

— O senhor não sabe se a polícia se encarregou de avisar os familiares?

— Eles não tomam a si essa responsabilidade!

— Então eu mesmo deverei fazê-lo!

— Será mais um golpe para eles!

— Mas é preciso! Não poderemos mantê-los na ignorância do que aconteceu nem na expectativa de que voltem. Escreverei com detalhes a meu pai e ele se encarregará de dar-lhes a notícia como melhor lhe aprouver!

— Devemos pensar em Jean, que foi preso mas não praticou crime nenhum! Ele não deverá permanecer na prisão por muito tempo e se constitui, também, ameaça para nós.

— Eu irei falar com ele, não obstante saiba que pouco adiantará! Quem sabe o exemplo do irmão o ajude a redimir-se, voltando para casa e permanecendo entre os seus!

Na manhã seguinte, Alfredo procurou localizar o primo e foi fazer-lhe uma visita.

Quando foi trazido, muito sério e revoltado, parecia que nada o faria falar. Todavia, Alfredo, insistindo, sem demonstrar rancor pelo que eles haviam feito, lamentou o acontecido, dizendo que haviam se arriscado demais. Contou-lhe que sua esposa, de tão apavorada se prostrara na cama, recusando levantar-se e alimentar-se, com sérios perigos de ficar enferma do físico e da mente.

Afirmou-lhe também que, da sua boca, nunca saíra nenhuma palavra que transparecesse que eles lá estavam, mas não sabiam de que forma a polícia tomara conhecimento. Supunha que alguém deveria tê-los visto entrar, reconhecido e denunciado, mas que nada partira de ninguém da casa, e aquele desfecho não era o que desejavam.

Jean ouvia sem responder, não acreditando em nenhuma de suas palavras, e, ao final, disse apenas:

— Nada mais adianta! Perdi meu irmão e encontro-me preso!

— Pelo que eu soube, quem cometeu o crime, causa de terem sido procurados pela polícia, foi Renê! Você deve apenas o fato de tê-lo acompanhado, acumpliciando-se com suas ações. Logo deverá ser solto!

— Isto pouco importa agora!

— Por que não volta para junto dos nossos, na propriedade da família, e não passa sua vida tranqüilo, tentando refazer-se por alguma ocupação?

— Já pensei nisso mas não terei coragem de enfrentá-los!

— Os pais sempre compreendem as faltas dos filhos, perdoam-nos e sentem-se felizes por tê-los em sua companhia! Você é ainda muito jovem, poderá trabalhar, constituir a própria família e voltar a ser feliz! Quando tiver seus filhos, compreenderá o que lhe digo!

— Vou pensar!

— Por falar em seus pais, eles precisam saber o que houve! Escreverei a papai comunicando todo o ocorrido e ele lhes contará. Posso até pedir que venha, quando você for solto, e ele mesmo o levará para casa!

— Não sei, preciso pensar!

— Seus pais precisam saber!

— Faça como achar melhor!

A visita pouco adiantou, mas, uma semente boa fora lançada, e, se recolhida, poderia ser acarinhada para que germinasse, produzindo alguns frutos bons.

De volta ao escritório, Alfredo ocupou-se do relato para ser enviado ao pai, escrevendo-lhe uma longa carta. Explicou o que sabia a respeito do caso, o que presenciara e conversara com Jean há pouco.

Em seu lar, aos poucos, Susana ia se refazendo, esforçando-se para demonstrar naturalidade, mas ainda era visível que carregava receios.

O tempo, que é o melhor remédio para curar os males da alma, era a maior esperança, e, com ele, os carinhos do pai e do marido ajudavam-na bastante.

Capítulo 19

O DESPERTAR

Quando a carta de Alfredo chegou, foi como se uma poderosa bomba tivesse sido atirada no coração de seu pai, destruindo nele as esperanças e a alegria de ver o sobrinho recuperado.

A notícia tinha que ser transmitida aos pais que aguardavam a volta deles, e o avô, já bastante envelhecido e adoentado, precisava ser poupado.

Não adiantaria protelar nem mentir, por isso, depois de muito pensar, de posse da carta, foi à casa do irmão. Entregando-a para que ele mesmo a lesse, preveniu-o, assim como a cunhada, de que não trazia notícias agradáveis.

A aflição dos dois foi grande, mas as reações, diversas. O pai, à medida que lia em voz alta, para que a esposa não esperasse muito e se desesperasse mais, ia se abatendo. Uma dor intensa ia tomando seu coração e sua voz, diminuindo de intensidade, até que, ao chegar à notícia da morte de Renê, calou-se e deixou cair a carta, sem ter revelado o que estava escrito.

A mãe, mais sensível pela própria condição de mulher, não pôde impedir que as lágrimas tomassem seus olhos e se derramassem em cântaros, enquanto um sofrimento muito dolorido invadia-lhe o coração.

Ao ver a atitude do marido, afligiu-se ainda mais e, tomando ela própria a carta, mas sem condições de lê-la, entregou-a ao cunhado para completar a leitura.

À notícia da morte do filho, um grito lancinante de dor saiu do mais profundo de seu peito, abrigo de um coração muito sofredor, e o seu choro passou a ser intenso e convulso.

O pai de Alfredo tentou acalmá-la, mas não há palavras que amenizem a dor da perda de um filho. Sua esposa, atenta, imaginando o que ocorreria, achegou-se e tentou auxiliar a cunhada. Nada a consolava, nem o conhecimento de que, ao menos Jean estava vivo e logo seria solto.

O avô fora preservado de mais aquele desgosto que poderia lhe ser fatal, e, mesmo com muita dor e sofrimento, a calma aparente foi retornando aos seus corações, e a esperança de que Jean viria para junto deles, começou a lhes transmitir um certo alento.

A confiança de que ele, pelo exemplo trágico do irmão, desistisse por completo de procurar por si mesmo a vingança que planejara, animava-os, e os dias passavam.

Alfredo prometera, na carta, ficar atento na data da libertação de Jean e combinara com o pai avisá-lo por telegrama, para que ele fosse a Paris e o surpreendesse, sem lhe dar nenhuma oportunidade de fuga.

Para isso já havia pedido à chefia do presídio que o avisasse com antecedência, para dar tempo do seu pai chegar e impedir que ele se perdesse, entregando-se novamente à vida dissoluta na qual ele e o irmão haviam penetrado.

Durante a espera, ele e Mário constantemente faziam-lhe visitas, preparando-o para o dia da libertação. Alfredo cuidava pessoalmente das investigações da sua culpabilidade ou não, e um mês havia decorrido.

Susana sentia-se mais bem disposta e a rotina doméstica estava retornando. Alfredo e o sogro desvelavam-se e, em pouco tempo, aquela impressão tão trágica e assustadora seria desvanecida por completo.

Depois de alguns dias, Alfredo recebeu a comunicação de que, em uma semana, Jean seria solto.

— É o tempo suficiente para que envie um telegrama a papai e ele chegue aqui. - considerou, fazendo-lhes um novo pedido. - Tomarei essa providência imediatamente, mas não o avisem nem o soltem antes da chegada de meu pai.

Compreendendo que seria a melhor solução, pois longe de Paris não teriam tanto trabalho com ele, concordaram, e, na véspera do dia determinado, o pai de Alfredo chegava para levá-lo de volta. O pai de Jean desejava vir também, mas o irmão não achou conveniente.

— Lembrem-se de como os trataram quando os visitaram por ocasião do casamento de Alfredo! Deixem esta incumbência para mim e confiem, que, com carinho e amor, farei todo empenho para trazê-lo!

Quando para Jean a surpresa da liberdade chegou, o tio já o aguardava, sem lhe dar nenhuma oportunidade de ações contrárias.

Levá-lo-ia de volta para junto dos seus, impedindo-o de cometer mais desatinos. Se correspondesse ao esforço, boa vontade e desejo dos familiares de auxiliá-lo, sua vida seria diferente. Tomaria novos rumos e se assentaria em bases sólidas, com a possibilidade de constituir o próprio lar e ajudar a gerir os bens de família, com equilíbrio e honestidade.

Se, em contrapartida, se rebelasse, recusando toda e qualquer oportunidade para a própria modificação, eles dariam por encerrado aquele empenho de recuperá-lo. A tentativa era muito válida.

Mesmo errando, mesmo se desviando do caminho reto do bem e da dignidade, todos têm o direito de novas oportunidades. Se pessoas generosas e de bem, familiares ou não, lhes estenderem a mão, e se eles corresponderem a esse esforço de auxílio, ao invés de se afundarem mais, serão retirados dos sítios tão perigosos onde estagiam.

Assim esperavam ocorresse com Jean. Esforçavam-se, mas também temiam. Muitas oportunidades haviam sido oferecidas tanto a ele quanto ao irmão, mas ambos preferiram enveredar por outro caminho, que sonhavam, na sua insensatez, fosse coberto de flores, pela facilidade e prazeres que lhes ofereciam. E eles, néscios, não perceberam que, escondidos à margem desse caminho, havia monstros vorazes que os atacariam, e de modo tão intenso, que um regresso, após, ficaria muito difícil.

O que importava, entretanto, era que o tio ali estava para esperá-lo e retirá-lo desse caminho tortuoso e cheio de surpresas maléficas, no qual ele penetrara.

— O que faz o senhor aqui? - indagou Jean ao vê-lo.

— Vim justamente para visitá-lo e cheguei no dia da sua libertação! Foi a Providência Divina que me enviou hoje, pois só assim não nos escapará mais! Seus pais, sabendo do ocorrido, estão muito preocupados com você, e pesarosos pela perda de Renê!

— Como souberam de tudo?

— Alfredo escreveu-nos! Era necessário que soubéssemos! Vamos sair daqui!

Sem nenhuma reclamação ou rebeldia, Jean acompanhou o tio, concluindo que era a melhor solução. Havia sofrido muito, nos últimos tempos, sofrido na prisão, perdera o irmão que amava tanto, e era chegada a hora de repensar sua vida.

— Para onde me leva, titio?

— Vamos à casa de Mário, onde deixei minha bagagem e, se quiser, regressaremos hoje mesmo!

— Nada mais tenho a fazer aqui! Se o senhor não estiver muito cansado da viagem, gostaria de ir o mais rápido possível.

Fora mais fácil do que esperava. Sem descuidar dele um só instante para não perdê-lo de seu controle, juntou sua bagagem, quase intacta, e partiram.

A viagem seria longa, não importava. Ele deixou um bilhete para os filhos, dizendo que gostaria de ter visitado Susana, mas não houvera tempo e, com Jean, seria impossível, contudo, ela entenderia. Presumia que nem lhe contariam que ele havia sido solto, para não reacender temores.

Bem tarde da noite chegaram à propriedade. Quando o tio o entregou aos pais, a mãe abraçou-o muito, chorando, mas feliz. Se não podia ter os dois junto a si, teria um e, sob seus olhos e seus cuidados, estaria mais tranqüila. Quanto ao outro, ainda chorava a sua morte, sentia saudades, mas não lhe trazia mais preocupações. Os mortos nada fazem, pensava ela, e apesar de sentir a sua falta e lamentar sua morte em condições tão trágicas, não oferecia preocupações porque nada mais faria.

Ah, doces esperanças de mãe!

Ledo engano!

Aqueles que partem, supõem muitos dos que ficam, têm seu lugar determinado e nele permanecem tranqüilos, sem ação, indolentes e contemplativos. Faltando-lhes o corpo, faltando-lhes o contato mais estreito com aqueles que permaneceram, nada podem realizar.

Ledo engano, repito!

Aqueles que partem, levam consigo toda a carga que acumularam para si próprios, durante a caminhada terrena, e dela se alimentam. E, apoiados nela, desenvolverão novos propósitos.

Se praticaram o bem, o rol de boas ações que levam, as novas virtudes adquiridas, e o desenvolvimento das já acumuladas, continuam no Mundo Espiritual, e, interessados em prosseguir no bem, auxiliam a todos os que necessitam, seja da forma que for. Dentro das suas possibilidades, são ativos e não contemplativos, mas sua ação é benéfica porque necessitados sempre os há, tanto aqui quanto no Mundo Espiritual.

Em contrapartida, há os que só praticaram iniqüidades, só prejudicaram, e, muitas vezes, retiraram até a possibilidade de vida de um irmão em Cristo, pelas más tendências que abrigavam. Como pode o Espírito, comandante das ações do encarnado, ficar bem ao deixar o corpo, estar tranqüilo, modificando completamente seu modo de pensar e agir? De que maneira a sua passagem para o Mundo Espiritual transforma tendências, apenas porque perdeu o corpo físico? Não era este um instrumento daquele?

Tudo continua! O modo de ser continua, o ódio e a revolta que traz no íntimo continuam; o desejo de vingança para aqueles que se sentiram prejudicados e não conseguiram perdoar, continua, e as possibilidades de colocar em ação todas as suas intenções maléficas, são muito maiores.

Se o corpo lhes servia, muitas vezes, de empecilho, o Espírito é livre!

Se com o corpo precisavam se esconder para não ser apanhados, como no caso de Renê e Jean, em Espírito a liberdade é tanta que penetram ambientes, influenciam mentes, sem ser vistos nem percebidos.

Suas possibilidades atingem fronteiras inenarráveis, tão profundas e extensas, como o são seu ódio e o seu desejo de prejudicar, vingando-se.

Por isso, reafirmamos:

— Ledo engano daquela pobre mãe!

Renê, enquanto encarnado, praticara desatinos, retirara a vida de um semelhante e, por isso, sofrera as conseqüências da justiça humana. Contudo, não fora suficiente para transformá-lo, ou melhor diríamos, fora a causa maior da sua transformação! - Não a que todos esperavam, ajudando-o a retornar ao caminho do bem, mas acirrando ódios e revoltas, culminando com o desejo de vingança. A inércia e a indolência física em que se encontraram durante os cinco anos de reclusão, propiciaram às suas mentes condições de trabalhar bastante. E, como traziam o coração cheio de revolta, elas não poderiam criar nada de benéfico e salutar. Deixaram-se conduzir pelas asas da imaginação, fonte criadora de sonhos e fantasias, mas também de planos tenebrosos, e, sem rédeas nem fronteiras, levaram-nos de volta àqueles que julgavam, haviam sido a causa de sua desdita.

Somente um crime fora praticado porque apenas uma das jovens fora encontrada, senão a tragédia teria sido maior, com conseqüências ainda mais graves.

Como um Espírito nessas condições pode estar tranqüilo?

Com a mente embotada pelas más inclinações, não se julgavam responsáveis por nada, e procuravam colocar em alguém, fora de si mesmos, a culpa do que lhes acontecia.

Se retornaram, e, através de um plano carinhosamente elaborado em todos os seus detalhes, Renê retirara a vida daquela que um dia amara, mas que considerava culpada pela sua desgraça, o que não faria liberto do corpo. Do mesmo modo deveria imputar a alguém a culpa por ter retornado ao Mundo Espiritual, levando a responsabilidade de um crime, quando, pela própria juventude, esperava ainda viver bastante.

Um culpado deveria haver e ele o encontraria, fosse quando fosse, fosse onde fosse...

Sua mente, passado um período de prostração confusa, foi se liberando aos poucos, e a recordação dos últimos acontecimentos voltou-lhe toda, causando-lhe um forte impacto. E ele, compreendendo em detalhes o que havia acontecido, sabia muito bem a quem atribuir a culpa.

Fizera ameaças para se proteger, mas de nada adiantara! Quem era o responsável pela casa onde se refugiara nos últimos dias antes da partida? Quem os teria denunciado para que o desfecho tivesse sido tão trágico?

Ele sabia muito bem!

Recordava-se da esposa do primo, jovem bela e feliz, que amava o marido e o pai, os quais conhecia bem. - Sim, conhecia-os de sobejo! - Um fora seu primo, com quem havia sido criado e que não vacilara em entregá-lo à polícia. E o outro? - Também sabia muito bem quem era, desde o tempo de estudante, aquele mesmo que fingira defendê-lo quando fora levado a julgamento, mas nada fizera. Se fosse avaliar a responsabilidade de culpa, todos a tinham, mas um era muito mais culpado que os outros, pois não conseguira, por incompetência ou má vontade, impedir a sua condenação.

Em nenhum momento ele pensara nas próprias responsabilidades, mas apenas procurara culpados. E quando se tem o pensamento turvado pelo ódio e pelo desejo de extravasá-lo em alguém, culpados é que não faltam. Verdadeiros ou inventados, sempre os há, e sobre eles faria descarregar toda a sua ação vingativa.

Era o que faria! Por que eles deveriam prosseguir a vida, felizes, reunidos num lar tranqüilo, organizado sobre bases sólidas, se a ele tudo fora negado?

Qual borboleta negra e de asas pesadas que se liberta da crisálida que o fora, impedida de voar, aquele Espírito, desejoso de vingança, levantou-se, olhou para o alto como a querer identificar o lugar onde se encontrava, mas nada viu. Com os olhos ainda turvos pelo recente despertar, mas as idéias já bem concatenadas, ele armou-se de toda a força que o seu ser armazenava e conseguiu desprender-se daquele local de dificuldades. Impelido pelas energias que o ódio acumulado lhe conferia, tendo na mente o objetivo a alcançar, em poucos instantes, sem saber como, ele viu-se no mesmo lugar onde deixara o corpo abatido pelo que entendera, fora uma grande traição.

Sim, reconhecia, a casa era a mesma! E os habitantes, onde estariam? O silêncio era intenso! Teria se enganado? Não seria possível, porque reconhecia até o quarto que lhe fora dado, assim como ao irmão.

Ah, lembrava-se do irmão!

O que teria acontecido com ele? Teria tido o mesmo fim que ele próprio? Se assim fosse, deveriam estar juntos novamente! Oh, quanto desejou ter o irmão consigo, para, em conjunto, atingirem os objetivos que desejava! Jean o ajudaria, era fora de dúvida! Contudo, não sabia o que acontecera com ele nem onde se encontrava, mas não era por isso que não realizaria o que pretendia!

Deixando o quarto que lhe trazia amargas e cruéis recordações, adentrou a casa e, vagarosamente, como quem examina e vai cuidadoso antegozando o momento que teria, subiu as escadas, degrau a degrau, como se seu corpo espiritual lhe pesasse muito, e procurou os quartos. Ele não conhecia aquelas dependências mas penetraria uma a uma e, com certeza, encontraria todos os que desejava.

No primeiro viu Alfredo e Susana, dormindo serenamente, e deixou-os, sem perturbá-los. No seguinte, não encontrou ninguém. Mas no outro, o culpado maior da sua condenação, por ter se mostrado incompetente na sua defesa, lá estava.

Ah, esse não dormia!... As horas já se faziam tardias, mas ele, certamente sem sono, recostado na cabeceira de sua cama, iluminada por tênue e bruxuleante luz, lia. Trazia um livro nas mãos, todavia, em pouco tempo, seu pensamento extraído da leitura foi parar junto da esposa que tanto amara e de quem sentia muita falta.

Sua vida era feliz, o amor da filha, um alento sempre presente, mas a falta da esposa era grande. Mesmo enferma, tinha o consolo da presença dela, porém, depois da sua morte, restaram-lhe apenas as recordações dos bons momentos vividos e um vazio imenso cavado pela saudade.

Sem pressa, observando e imaginando, Renê continuou ali e calmamente esperava. O que pretendia ele?

Logo a mão que retinha o livro foi se tornando flácida, deixando-o deslizar por sobre os lençóis, dando indícios de que o sono se aproximava. E ele, atento, sem dar oportunidade a que o Espírito dele procurasse recantos agradáveis de refazimento e paz, ali estaria para esperá-lo e interceptar qualquer uma das suas pretensões.

Vendo que as lembranças começaram a se distanciar e o livro lhe fugira das mãos, o senhor Michel tomou-o, depositando-o numa mesinha de cabeceira, e apagou a luz.

— Começarei, agora mesmo! - exclamou Renê. - Quero ver a sua surpresa ao se deparar comigo, depois completarei meu plano e farei as modificações necessárias, para ajustá-lo ao momento e às suas reações.

Alguns instantes mais tarde, eis que o senhor Michel Espírito, liberto do corpo pelo sono, a fim de que o refazimento físico se processasse através do repouso, e o Espírito se abastecesse de novas energias em locais salutares que pretendia percorrer, deixava o quarto tranqüilamente.

Renê, contudo, não estava ali somente para observar, mas para agir. Rapidamente se acercou dele, que, ao se deparar com aquela presença, assustou-se.

— Você aqui? - indagou surpreso e temeroso.

— Ah, lembra-se de mim, não? Assim fica mais fácil!

— O que pretende?

— Pensou que ficaria tranqüilo depois de ter deixado que me condenassem e, depois de cinco anos de sofrimento, permitindo que a polícia me eliminasse?

— Nada fiz além da minha obrigação, como seu advogado no julgamento, mas as provas e evidências a seu desfavor eram inúmeras e indiscutíveis! Como retirar friamente a vida de alguém e continuar impune?

— E por que me denunciou à polícia, depois?

— Foi muito atrevimento de sua parte vir se refugiar justamente aqui!

— Era o único lugar onde ninguém se lembraria de nos procurar e ainda teríamos alimento!

— Mas assustou tanto a minha filha que ela adoeceu, por nada revelar!

— Como o soube, então?

— Isto não interessa mais! O que pretende de mim?

— Logo verá o que pretendo! Cuide-se, pois agora não há mais polícia que me apanhe, e é aqui mesmo que vou me refugiar! Se o senhor não sentir a minha presença, sentirá as conseqüências dela! Farei do seu lar um inferno tão cruel e tenebroso que ninguém suportará!

— De nada lhe somos devedores! Deixe-nos em paz e vá cuidar de si mesmo, para melhorar um pouco e ser mais feliz! Não tenho medo de você como nunca tive! Agora deixe-me passar!

— Tente, se conseguir! - exclamou Renê, sarcasticamente, terminando a frase com uma gargalhada. - Vamos, tente! - repetiu ele.

Para não piorar a situação, o senhor Michel voltou-se com a intenção de retornar ao corpo, mas Renê impediu-o.

— Se pensa que vai buscar o refúgio do corpo, engana-se!

— O que pretende? Diga logo!

— Tirar-lhe a paz! Por enquanto, é apenas isso!

— Vá embora daqui!

— Desta vez não há quem me expulse!

— Então diga logo o que quer!

— Aos poucos o senhor compreenderá! Acompanhe-me!

— Aonde vai?

— Acompanhe-me e verá, e não tente escapar!

O senhor Michel, obediente, seguiu-o, e ele entrou no quarto de Alfredo e Susana.

— Veja como dormem tranqüilos, sem nenhum problema de consciência!

— Não lhes faça mal!

— Ninguém me dá ordens! Faço o que quero!

Chegando bem próximo dos dois, deu-lhes um grande susto, fazendo-os acordar subitamente.

— Isto foi só para mostrar ao senhor que todos aqui, estão em minhas mãos e não vim à toa!

Susana, assustada, achegando-se ao marido, queixou-se de que não sabia o que havia acontecido. Fora acordada repentinamente, como se alguém a tivesse chamado, e

Alfredo confessou ter tido a mesma sensação.

— O que será isso? Tenho medo!

— Não precisa ter medo de nada! Aqui estamos só nós dois, não há mais ninguém. Tranqüilize-se e tente dormir outra vez!

Sem nada dizer que não adiantaria, senhor Michel retirou-se, seguido imediatamente por Renê que indagou:

— Aonde pensa que vai?

— Quero voltar ao meu corpo!

Dando uma nova gargalhada, ele, empurrando-o a pontapés, foi conduzindo-o ao quarto, dizendo:

— Volte, volte, que eu o acompanho!

Rapidamente o senhor Michel despertou ofegante e assustado, tendo a impressão de que tivera um pesadelo, mas não sabia, com precisão, o que havia acontecido.

Capítulo 20

À PROCURA DE AJUDA

Para começo, Renê estava satisfeito, conseguira apresentar-se ao senhor Michel, desforrara em seu Espírito o que sempre tivera vontade de fazer com ele desperto, mas era apenas um começo.

Com o casal, esse mesmo procedimento seria realizado depois. Ele era um só e a tarefa que se impusera era grande. Não se circunscreveria somente ao lar, à união familiar e ao desempenho doméstico, onde uma criada também deveria ter uma parcela de culpa pelo que lhe acontecera. A sua ação se estenderia um pouco além... Chegaria até o escritório onde trabalhavam, e o faria de tal modo que, tanto ele quanto os primos ficariam tão desmoralizados, que mais nenhum cliente encontraria a porta de entrada à procura dos seus serviços profissionais.

O trabalho era grande, profundo e extenso, mas ele estava sozinho. Como atender a tantos setores com facetas diferentes de atuação, sem o concurso de mais alguém?

Precisaria encontrar quem o ajudasse, mas onde?

Com esse pensamento, depois de deixar os habitantes da casa, alvos de sua ação nefasta, despertos, saiu para ver o que poderia conseguir.

Como Espíritos desocupados, apegados ao mal, existem espalhados por toda a parte e quase nunca se encontram sós, mas reunidos em bandos para melhor agirem, em pouco tempo, um tanto afastado da cidade, ele se deparou com um grupo que demonstrava, atenderia completamente os seus anseios.

O dia começava a mostrar as primeiras claridades, misturando-se ainda com um resto de sombras que persistiam. Logo, porém, impotentes para deterem o poderio da força da luz solar, retirar-se-iam e só retornariam quando esta, cansada de mostrar a exuberância de seu brilho naquelas paragens, se recolheria e levaria sua luz para outros locais.

Renê aproximou-se, e, antes de dizer o que pretendia, um dos componentes do grupo, vendo-o, exclamou:

— Parece que temos visita!

— Será algum novo companheiro? - indagou outro.

Sem nada dizer, ele foi se achegando e, bem próximo deles, perguntou:

— Estão desocupados, companheiros?

— Descansamos, mas trabalho, daqueles que gostamos, nunca nos falta!

— Pois trago-lhes uma proposta de trabalho! Estou só e preciso de ajuda!

— Ajuda para quê? Vai falando, e, se nos interessar...

Renê, em poucas palavras, expôs o que lhe acontecera e o que desejava, e um deles, até então calado, manifestou-se:

— Aqui, quem dá ordens, sou eu! Se quiser o nosso trabalho, tem que se submeter ao meu comando!

— Mas eu é que sei o que deve ser realizado! Eu é que conheço bem a quem desejo atingir e sei o que fazer!

— Podemos fazer um pacto! Você organiza o plano e comunica-o a mim! As ordens aos meus comandados, eu quem dou! Não posso perder minha autoridade perante o grupo, e é a mim que eles obedecem!

— Concordo plenamente e fico mais feliz por ter que me dirigir a um só! Todavia, se não realizarem o que desejo e como desejo, procurarei outros.

— Proposta aceita! Quando começamos?

— Esta noite! Por agora posso levá-los aos lugares onde trabalharemos, verão as pessoas a quem desejo atingir, e, nesta noite, nos dividiremos em pequenos grupos e daremos início ao que pretendo.

— Pois então vamos conhecê-los! - propôs o chefe.

— É só me acompanharem!

Quando se adentraram na casa, os seus moradores estavam à mesa para a refeição matinal. Comentários estavam sendo feitos e foram alvo da atenção dos visitantes.

— Esta noite não passei bem! - exclamou o senhor Michel.

— O senhor está com algum problema de saúde, papai? - indagou Susana, revelando preocupação.

— Nada sobre a saúde, mas não dormi bem! Tive pesadelos e despertei abruptamente, assustado e até ofegante! Depois, não consegui dormir mais!

— Conosco aconteceu o mesmo, senhor Michel! - falou Alfredo. - Também acordamos de modo repentino, eu e Susana a um só tempo, como se alguém tivesse nos despertado propositadamente!

— É muito estranho e ainda sinto-me cansado! - tornou o senhor Michel.

— Nós conseguimos dormir novamente, e aquele despertar não teve maiores conseqüências! - aduziu Alfredo.

Renê, atento à conversa, em resposta ao que o primo afirmara, exclamou: - Por enquanto!... Por enquanto!...

Se os moradores e donos da casa pudessem ver o que estava ao seu redor, não resistiriam de susto. Um trazia a aparência mais terrível que o outro. Roupas rotas, maltrapilhas e sujas, cabelos longos e desgrenhados, e barbas no mesmo estado.

No entanto, o que mais os atemorizaria, era o seu semblante. Cada um de um jeito, mas todos assustadores. Alguns eram pálidos, olhos encovados circundados por profundas olheiras, o nariz adunco e os lábios finos, escondidos sob as barbas maltratadas.

Outros demonstravam, nos olhos vivos, a sagacidade e o sarcasmo, e nos lábios, o sorriso irônico prenunciando uma gargalhada de prazer. Havia também algumas mulheres no grupo, cuja aparência não era diferente.

Aqueles infelizes, se se observassem em um espelho, certamente se assustariam consigo mesmos, porém, não era a aparência que lhes interessava, mas as próprias ações.

Enquanto os habitantes da casa prosseguiam nos pequenos comentários acerca da noite transcorrida, Renê, em confabulação com o chefe do grupo, para não ignorar o pacto proposto, disse-lhe:

— Você, que conhece bem com quem trabalha, deve

dividir o grupo em duas partes, cujos elementos ficarão à sua escolha. Uma permanecerá neste lar, tomando conhecimento das pessoas, sobretudo da moça, e a outra acompanhará o senhor e o jovem ao trabalho. Nós dois estaremos em ambos os locais, revezando-nos no comando, para que nada escape à nossa vigilância e nenhuma das nossas ordens deixe de ser cumprida.

— Parece ter compreendido bem o pacto que realizamos e já estou gostando de trabalhar para você e com você! Vamos nos entender muito bem! Quando realizo um trabalho em harmonia com aquele a quem ajudo, vou muito além!... Esforço-me e faço com que meus comandados se esforcem também. Porém, ainda temos um particular para ser decidido.

— Não combinamos tudo?

— Como estou gostando do seu jeito e estamos nos entendendo bem, depois deste trabalho terminado, você terá que permanecer conosco! Formaremos uma dupla imbatível e realizaremos qualquer trabalho com muito sucesso.

— Está bem, está bem! Estou pensando no agora e não no futuro! Quero que me ajudem, e o depois, fica para depois!...

— O depois deve ser decidido agora, do contrário, não tem ajuda!

— Se depende só disso, dou-lhe minha palavra - permanecerei com você e trabalharemos muito!

Ah, pobre Renê! Não sabia o compromisso que estava assumindo, para um futuro que se estenderia por um tempo tão longínquo, que nem ele mesmo poderia prever quanto, apenas para obter ajuda num plano de vingança. Sem conhecer a extensão da maldade a que eles se dedicavam, estaria acorrentado ao mal por um longo período. Mas nisso ele não pensava e, se não pensava, não avaliava.

O seu ódio era tanto e o desejo de prejudicar, tão grande, que aceitava qualquer condição, sem imaginar a responsabilidade que assumia. Revelava-se vingativo e desejava ir à forra, mas atingindo apenas as pessoas que, no seu parco entender, haviam sido responsáveis pela sua desgraça.

Os outros, porém, praticavam o mal pelo mal, pelo desejo de ver o sofrimento como resultado de sua ação maléfica, e verificar a eficiência e capacidade do seu trabalho, sem se importar por que e quem estavam prejudicando.

Todavia, como o próprio Renê dissera, deixemos o depois para depois, e vamos acompanhar os novos hóspedes da casa.

O chefe do grupo dividiu-os em dois subgrupos e determinou que um ficaria no lar, averiguando atitudes e pensamentos, recolhendo material para o momento adequado. O outro acompanharia os senhores ao escritório e, em primeira instância, apenas observariam, ouviriam, sem nada realizar, até que novas ordens lhes fossem dadas.

Um pouco decepcionados, cada grupo se separou para a realização da tarefa que lhes fora imposta. Eles não desejavam apenas observar, queriam agir imediatamente. Há alguns dias não efetuavam trabalho daquela natureza, e a oportunidade se lhes afigurara promissora, alegrando-os e estimulando-os. Entretanto, cumpriam ordens.

À saída de Alfredo e do senhor Michel, Susana acompanhou-os à porta, dizendo-lhes:

— Compreendo que precisam trabalhar, mas aborrece-me ficar só!

— À hora do almoço estaremos de volta e far-lhe-emos companhia! - adiantou-se Alfredo.

Os componentes do grupo que permaneceram na casa, rodeavam-na e riam muito.

— Ah, se pudessem nos ver, - falou um deles, sofreando o riso - saberiam que ela não está só e que o número de seus acompanhantes é muito grande!

Os que partiram com os dois, como ainda não deveriam agir, andavam como crianças que brincam, pulam, andam um pouco adiante e retornam, mas não os deixaram um só instante.

Renê e o novo companheiro seguiam-nos para verificar se alguma ordem diferente lhes deveria ser dada, e também para distribuí-los nas primeiras tarefas.

O escritório, com a chegada de todos, ficou repleto, não pelos encarnados mas pelos invisíveis.

Mário já se encontrava trabalhando, entretido num caso do qual assumira a responsabilidade, e um deles, aproximando-se, exclamou:

— Aqui o trabalho será mais interessante! Teremos mais pessoas sobre quem agir!

Renê, ouvindo-o, esclareceu:

— E não só as que vêem nestas salas! Ficarão atentos até aos que adentrarem neste escritório, se não conseguirem demovê-los antes de o fazerem.

— Não estou dizendo que aqui vai ser mais divertido! - reafirmou cinicamente o que já falara antes.

— Por hoje apenas observem e nada mais! A ordem tem que ser cumprida! No final do dia nos reuniremos para novas posições, e amanhã o trabalho será iniciado com toda a força que a ele desejo imprimir.

Um deles, mais esperto e com aparência de crueldade, indagou ao seu chefe:

— Não voltaremos mais àquela casa? Deveremos passar a noite aqui, também?

Antes que ele respondesse, o próprio Renê antecipou-se:

— De modo algum! Quando eles retornarem, devem acompanhá-los porque nosso trabalho noturno será bastante intenso. Só permanecerão aqui se houver alguma necessidade urgente e imediata, do contrário, a ordem é para que os sigam sempre. Muitas idas e vindas serão efetuadas, e, às vezes, deverão acompanhar até clientes! Mas não quero antecipar nada! Observem bastante, ouçam e vejam bem tudo o que realizam, planejam e esperam, para que a nossa interferência seja eficiente e completa, trazendo os resultados esperados.

— Podem ficar tranqüilos! Apenas desejo saber onde vocês permanecerão! - tornou ele, assegurando a Renê um bom desempenho.

— Ficaremos na vigilância para reformular ordens ou acirrar atuações. Estaremos sempre presentes, tanto aqui quanto lá!

A preparação parecia estar sendo bem sucedida. Renê desejava conhecer todas as atividades realizadas no escritório, as causas das quais se ocupavam, os clientes envolvidos nelas, tudo, tudo, tudo...

No lar, assim que Susana se viu só, foi à cozinha

conversar com a antiga criada sobre algumas ordens e providências, enquanto a outra, contratada para substituir a que não voltara mais depois da invasão da casa pelos foragidos, cuidava da arrumação dos quartos.

Nessa manhã ela passou algum tempo com a criada, ajudando-a em algum pequeno serviço, enquanto conversavam, e todos os novos habitantes da casa, presentes, ouviam, observavam e concluíam, por si mesmos, muito do que não lhes ficava claro pelo desconhecimento do que se passara em família.

Ao fim da tarde, quando todos regressaram, o reencontro se deu, e Renê, chamando-os, quis saber de ambos os grupos, o que haviam observado e deduzido de cada observação.

Ao final dos relatos, Renê concluiu:

— Assim fica bem mais fácil! Vi que todos são eficientes, e fico feliz de tê-los encontrado. Com a ajuda que me prestarão, muito cedo terei conseguido o que desejo!

— Nosso trabalho sempre foi muito eficaz!

— Bem, agora podemos aguardar seus Espíritos se desligarem do corpo através do sono! Será uma forma de apressarmos os resultados, de acordo com o que foi observado durante o dia.

Alfredo, Susana e o senhor Michel, livres momentaneamente de qualquer assédio, depois do jantar, permaneceram em família durante algum tempo, mas depois o senhor Michel, dizendo que iria ler um pouco no escritório, afastou-se da filha e do genro, que decidiram se recolher.

Renê, atento, chamou os companheiros, dizendo:

— Os que permaneceram na casa, acompanhem-nos

- alguns cuidem da moça, os outros, do marido! Os demais façam companhia ao senhor enquanto lê, e sigam-no quando se deitar. Nós permaneceremos na vigilância e nos aproximaremos quando necessário. Hoje me apresentarei a eles, atemorizando-os bastante. Verão quem é Renê, e se agora poderão me condenar ou denunciar!

Capítulo 21

RECORDAÇÕES BENÉFICAS

Cada grupo, obediente e submisso, cumpriu a determinação. Aqueles que deveriam ficar com o senhor Michel, dirigiram-se ao escritório mas permaneceram a distância, espreitando-o e captando-lhe os pensamentos.

Ele sentou-se diante da mesa, tomou um livro que estava depositado nela e abriu-o no ponto marcado, demonstrando que a leitura já havia sido anteriormente iniciada, e começou a discorrer os olhos sobre as páginas.

Percorreu uma, duas, mas, aos poucos, a vontade de ler foi se afrouxando, e lembranças ternas de amor e saudade começaram a tomar conta do seu pensamento, envolvendo-lhe o coração, e a figura da esposa foi tomando corpo e dominando-o por inteiro.

Ah, quantos momentos reviveu! Lembrou-se de quando a conheceu, da primeira vez que conversaram, do namoro, das juras de amor, do casamento, da vida no lar, do nascimento da filha trazendo-lhes uma grande alegria...

Quantas recordações povoavam o mais íntimo de seu ser e nelas se comprazia, como se, revivendo em lembranças, tivesse a esposa consigo, pelo menos por alguns instantes que eram só seus.

Lembranças tão ternas e pensamentos tão intensos, mesclados de amor e saudade, não permaneceram somente com ele, mas tomaram distância e percorreram regiões longínquas, onde o Espírito da esposa, já refeito do longo período de enfermidade, também se sentia saudoso do lar, do marido, da filha.

Captando os pensamentos do esposo com a mesma intensidade com que eram formulados, porque entraram na faixa de sintonia que os seus próprios insistiam em permanecer, seu coração se confrangeu e ela percebeu a tristeza que começou a envolver o querido companheiro. Um desejo imenso de estar com ele, de retornar ao lar, foi envolvendo-a, mas ela não podia decidir por si só.

No mesmo instante procurou a orientadora à qual estava subordinada e expôs-lhe os anseios, revelando o grande desejo de visitar o lar naquele momento. Queria saciar a saudade e confortar o marido, visitando também a filha, a ternura maior e mais sublime que seu coração abrigava.

Compreendendo aqueles sentimentos porque também fora mulher na Terra e lá deixara os familiares, tendo tido permissão de visitá-los por diversas vezes para o conforto do coração; e avaliando o esforço que aquele Espírito havia feito para se recompor e estava fazendo para levar um pouco de auxílio aos mais necessitados que ela, a autorização foi concedida.

— Todavia, - disse bondosamente a orientadora - não poderá ir só! Terá a companhia de dois abnegados irmãos nossos, experientes e habituados a esse tipo de atividade.

— Ser-lhe-ei sempre grata e, ao retornar, prometo esforçar-me, para mais trabalhar e servir!

— É preciso que tenha forças para o momento do reencontro! Conheço muito bem como isso acontece! Precisa ter controle para não afetar negativamente os seus!

— Nada faria para prejudicá-los, uma vez que os amo muito! Sempre soube suportar minha longa enfermidade, sem queixas, saberei também aproveitar essa dádiva, da melhor forma possível, tanto para eles como para mim mesma!

— Não se esqueça de se apoiar nas preces e em Jesus!

— Sempre o tenho comigo! Ele é o guardião do meu coração, e é nele que tenho me apoiado todo este tempo.

— Chamarei os irmãos que deverão acompanhá-la e, em pouco, poderão partir!

— Deus a abençoe pela bondade e compreensão!

Nas doces lembranças o senhor Michel permaneceu por muito tempo e passou por um leve adormecimento, sem desejar se levantar daquele lugar, para não quebrar o encantamento que criara e no qual estava submerso.

Os seus novos companheiros, cumprindo ordens, apenas observavam. Alguns riam do que consideravam pieguices, enquanto outros comoveram-se, lembrando-se, também, dos próprios entes queridos, e, de repente, sem que ninguém esperasse, eis que uma figura muito bela de mulher, bastante rejuvenescida e feliz, acercou-se dele.

Abraçando-o, depositou um beijo em sua face e depois acariciou-lhe os cabelos. O Espírito dele, levemente afastado para que melhor as lembranças o envolvessem, sentiu aquela presença amorável e retornou abruptamente ao corpo.

Ela, compreendendo, começou a lhe falar, e ele, mergulhado em novas recordações, agora com sensações diferentes, como se não partissem mais de si mesmo, mas fossem emitidas por outrem, passou a ficar mais atento e sentiu a presença da esposa.

Um leve sorriso brotou-lhe dos lábios numa espécie de oferecimento a ela, e ambos, ele em pensamento, ela em Espírito, começaram a conversar.

Os dois que a acompanharam, tendo permanecido do lado de fora, viram que um contingente de irmãos infelizes saiu correndo do local onde ela penetrara, tomando o rumo da parte superior da casa. Surpresos e desconfiados, eles os seguiram, sem que tivessem sido notados, e os viram entrar num dos quartos, encontrando-se com outro grupo semelhante.

À parte, porém atentos, observavam à vontade, pois cuidaram para não serem vistos, ao menos naquele primeiro momento, a fim de conseguirem captar o que aqueles seres desejavam realizar na casa.

– Temos visita! - disse um deles muito preocupado.

– Como visitas? - indagou um outro, surpreso.

– Enquanto observávamos o senhor no escritório, adentrou o local e está junto dele, alguém do nosso mundo, mas muito diferente de nós, oferecendo-nos perigo!

– Quem é?

— Pelo que observamos, deve ser a que foi sua esposa! Ela é bonita e traz o Espírito límpido e claro!

— Precisamos avisar o chefe!

— Onde ele está?

— Junto daquele para quem estamos trabalhando! Confabulam no quarto do senhor enquanto o esperam!

— Pois vamos até lá!

Rapidamente, três deles saíram, seguidos pelos dois acompanhantes da esposa do dono da casa, e penetraram no quarto, dando-lhes a notícia.

— Precisamos ser cuidadosos, - disse Renê, depois de ouvi-los, - do contrário, nem começaremos o nosso trabalho!

— Ainda bem que não o começaram! - exclamou um dos dois que estavam na escuta. - Mas precisamos saber o que pretendem e por que o farão!

— Certamente vingança de algum ato através do qual se sentiram em prejuízo!

Renê, depois de pensar um pouco, recomendou-lhes que ficassem atentos e continuassem nos postos que eles iriam descer e ver a visita.

Cada um voltou ao seu lugar e os dois recém-chegados, diligentes, separaram-se. Um infiltrou-se no grupo maior, no quarto do casal, e o outro acompanhou os chefes.

Era necessário ouvir o que aqueles infelizes desejavam fazer e em razão de quê, para auxiliar os habitantes da casa, auxiliando também a eles mesmos, se aceitassem algum tipo de ajuda.

Entre um e outro, ouvindo aqui, observando ali, concluindo por si mesmos, os dois bem intencionados encontraram-se um pouco mais tarde, com o conhecimento de quase tudo o que eles pretendiam.

— É preciso detê-los! - disse um deles.

— Devemos dar conhecimento à nossa irmã, do que ocorre nesta casa!

O senhor Michel, enlevado e transportado em pensamento para junto da esposa, recebendo dela palavras de conforto e incentivo, permaneceu por muito tempo no escritório, com receio de se locomover até o quarto e perder aquele encantamento que lhe fazia tão bem.

— Precisamos afastá-la do esposo e contar-lhe o que ocorre!

Sem mais demora, eles aproximaram-se, chamando-a.

— Já devo me retirar? - indagou ela, lamentando-se.

— Ainda não, mas precisamos conversar! Logo mais estará com seu marido novamente!

— Existe uma situação, nesta casa, da qual precisa tomar conhecimento, pois devemos nos unir para conseguir solucioná-la! - explicou um deles.

— De que se trata, o que está acontecendo no meu lar?

— Este não é mais o seu lar, mas dos seus entes queridos que estão precisando de ajuda!

— Venha conosco, precisamos lhe mostrar! - interveio o outro.

Renê e seu parceiro, cuidadosos e temerosos, não haviam sido vistos por ela.

Ela seguiu os companheiros enquanto o senhor Michel, sem a sua presença mais próxima, decidiu ir para o quarto.

Nos aposentos da filha, ela pôde ver o que se passava. Um grupo numeroso de entidades infelizes contornavam o leito, mas nada faziam. A ordem primeira era essa.

A pobre esposa e mãe assustou-se com a visão, indagando o que eles desejavam.

— Nunca me deparei com semelhante cena! - exclamou ela assustada. - O que poderá ter feito a minha filha ou meu genro, para serem alvos de entidades tão infelizes, imbuídas de desejos de vingança?

— Não são só eles, não! Seu marido está incluído nessas mesmas pretensões! - afirmou um dos dois.

— Conseguimos entender alguns lances dessa situação, mas muito ainda nos falta! - esclareceu o outro.

— Precisamos ajudá-los! O que podemos fazer de imediato? - indagou ela aflita.

— Por enquanto, nada! Somos poucos e precisamos de reforços! Devemos ficar atentos e observar! Tomaremos cuidado para não ser vistos, fazendo-os pensar que nos retiramos; e assim, nos distribuiremos e captaremos o que esperam realizar. Depois, entraremos em contato com companheiros nossos que poderão nos ajudar, e libertaremos a casa e os seus habitantes de situação tão conflitante e de muito prejuízo, que atingirá não só o campo financeiro através da atividade profissional, mas o afetivo, também, fazendo desmoronar a união familiar e o amor que os une.

Depois de observações atentas e acuradas, conseguiram perceber que tudo partia de um único ser - Renê - primo de Alfredo, o genro da senhora que retornara, em visita, ao lar.

Captando mais alguns pontos, ela lembrou-se de quando ainda no lar, encarnada mas enferma, o marido havia se empenhado na causa do jovem e do seu irmão, ambos praticantes de um crime de morte, mas os dois haviam sido condenados. O que acontecera durante o período em que estiveram presos, ou depois, se foram soltos, fugira do seu conhecimento.

Contudo, era necessário saber. Com os detalhes dos acontecimentos, o auxílio seria mais eficaz.

Como nenhuma ação intensa das entidades infelizes, estava já programada, eles aproveitaram o tempo para observar, ouvir, e, mais atentamente, se ocupar de Renê. E de um modo que ele não conseguia perceber, os dois acompanhantes da senhora ao lar provocavam, tanto a sua mente como a do chefe do grupo, para que este fosse indagando e Renê respondendo, revelando a causa de tanto ódio.

Pela manhã, eles tinham, na íntegra, a narrativa completa dos fatos e compreenderam que o caso era muito grave e que todo o lar, sem exceção de ninguém, corria perigo.

Providências imediatas deveriam ser tomadas. Um dos dois companheiros da esposa do senhor Michel tomou a si a missão de retornar ao recanto de onde partiram, com urgência, expor o que haviam encontrado, pedir ajuda e permissão para permanecerem até a situação ser solucionada.

Tranqüilos, não tendo mais visto nem a presença límpida e brilhante que os assustara, os novos habitantes da casa começaram a agir.

— Já esperamos demais! - exclamou Renê.

— Era necessário, se deseja realizar um bom trabalho, sem perigo de não ser bem sucedido...

— Compreendo, mas temos já elementos suficientes para não perdermos mais tempo. Os grupos continuam, e logo mais cada um tomará seu posto!

— Quando os dois forem para o escritório, devemos acompanhá-los? - indagou um membro do grupo.

— Se essa é a sua tarefa, deve realizá-la! Hoje passamos da observação para a ação!

— O que deveremos realizar em primeiro lugar? - indagou outro.

— Em lá chegando, serão distribuídos entre os três. Perturbarão suas mentes impedindo-os de se concentrarem, com eficiência, nas obrigações, fazendo-os não só desperdiçarem tempo, mas não trabalharem corretamente!

— Não devemos nos esquecer de que há também os clientes! - lembrou o chefe do grupo.

— Sim, esse detalhe é muito importante! Por enquanto eles têm trabalho porque ainda não havíamos chegado, mas, muito breve, ninguém mais entrará naquele local para solicitar serviços e eles acabarão por ter de fechá-lo, passando por muitas necessidades.

— E nós que permaneceremos no lar, o que faremos com a moça?

— Ela é importante e receberá também a sua parte! Aqui será bem mais fácil, e os resultados, conseguidos com maior rapidez. Quero-a totalmente desequilibrada, tão insana que ignorará por completo a presença do pai e a do marido, acabando por ser recolhida a um manicômio!

— Há ainda a criada!

— Essa, quero-a lúcida e ativa! Não pertence à família, embora tenha uma grande parcela de culpa pelo que me aconteceu. Mas nada significa para mim! É preciso que alguém permaneça equilibrado para verificar a derrocada dos outros. Cada um a seu modo, mas todos destruídos...

Quem pudesse vê-los à porta da rua, a postos e preparados para o início da atividade, perceberia, em cada um, a alegria e a ansiedade própria de uma criança quando se prepara para um passeio que gosta de realizar, ou quando vai ganhar um brinquedo há muito esperado.

Na verdade eles desejavam ir se adiantando e esperá-los no escritório para a recepção de chegada, e até solicitaram ao chefe essa deferência.

— Pelo anseio que vejo para a realização do trabalho, e pelo empenho e dedicação que antevejo na sua execução, devo conceder-lhes essa alegria, mas não ainda. Quando estiverem se aproximando, autorizo-os a que se desliguem dos dois e se antecipem à sua chegada, recebendo-os como devem ser recebidos, que já têm a orientação correta.

Durante a primeira refeição em família, o senhor Michel confessou à filha ter se lembrado muito da esposa na noite anterior, enquanto lia no gabinete, sentindo como se a tivesse em sua companhia. Alguns momentos foram trazidos das recordações mais agradáveis que dela guardava, até que ele e Alfredo despediram-se e retiraram-se para o escritório.

Os que deveriam permanecer no lar, lamentavam não ter sido designados para o outro trabalho, segundo eles, mais interessante e agradável, e de resultados mais diversificados.

Entretanto, não era lá que deveriam estar e sim com a moça, e com ela permaneceriam cumprindo as determinações, conforme as ordens recebidas.

A mãe de Susana, porém, sem se deixar ver pelos

visitantes infelizes, tentava, através dos recursos de que dispunha, isolar a filha da atuação que logo mais viria.

Um dos seus companheiros já havia partido em busca de orientação e auxílio, e o outro seguira com o senhor Michel e Alfredo, para também tentar levar-lhes proteção.

Coibir um primeiro momento de uma atividade é sempre mais fácil. Nada ainda se encontra concretizado e as mais profundas intenções, enquanto não se transformam em atividade real, podem ser modificadas.

O retorno do companheiro era esperado a qualquer hora, e, mesmo que algum progresso eles conseguissem no transcurso do dia, não seria nada que não pudesse ser reparado.

O grupo que se ocuparia de Susana começou a agir, influenciando-lhe a mente para o medo, e o dos advogados, no escritório, retirando-lhes a vontade de trabalhar. Ao final do dia, muito pouco ou quase nada os três haviam realizado que tivesse valido a pena a presença e o esforço de cada um, no desempenho de suas obrigações.

— Para um começo, posso afirmar que trabalharam bem! - confessou Renê, demonstrando satisfação e confiança. - Mas sabem que muito ainda nos falta!

— Se não o desapontamos no primeiro dia, muito mais realizaremos para a sua satisfação! Confie em nós, no nosso trabalho, que nada resultará contrário ao que espera! - devolveu o chefe das entidades infelizes.

— Resta-nos saber como estão os que permaneceram no lar!

— Logo mais veremos! Se aqui tudo saiu a contento, lá não poderá ter sido diferente. Não se esqueça de que com a moça é muito mais fácil e os resultados, conseguidos com maior rapidez! - tornou o chefe.

— Será uma ruína total, tanto no lar, na união familiar, quanto aqui! Quero-os todos destruídos, sem condições de se reerguerem.

Pobres irmãos infelizes! O plano fora realizado, os auxiliares encontrados, as tarefas distribuídas, a ação iniciada, mas eles não sabiam o que os aguardava para aquela noite mesma.

Capítulo 22

EM MISSÃO DE AUXÍLIO

O emissário do bem, companheiro da senhora em visita aos familiares, e que partira levando o mais puro desejo de amparar aquele lar ameaçado, ajudando, também, os irmãos infelizes que tomaram a si a empreitada de destruí-lo, já chegara ao seu local de origem.

A missão a que se dispunha, não seria fácil, contudo, os propósitos no bem, de todos os seus companheiros e ainda mais dos superiores, davam-lhe muitas esperanças.

Em primeira instância, expôs à irmã que autorizara a vinda da senhora e solicitara a sua companhia para auxiliá-la, toda a situação que encontraram, esperando dela alguma providência favorável.

Depois de ouvi-lo atentamente, ela manifestou-se:

— Por isso não permiti que ela fosse só! Veja o que podemos encontrar entre os nossos, favorecendo o desequilíbrio, pondo a perder todo um trabalho anteriormente realizado, apenas por não sabermos enfrentar adequadamente o que se nos afigura de difícil solução!

— E não é de difícil solução?

— Quando tomamos conhecimento de uma necessidade e a ela nos entregamos com o desejo de auxiliar sem um plano bem organizado, para surpreender os seus envolvidos em todos os pontos que eles julgam, lhes são favoráveis, corremos o risco de perder um trabalho e até de agravar ainda mais o que pretendíamos corrigir.

— Mas o caso, lá, é urgente, para que prejuízos maiores não sejam efetuados.

— Nada é tão urgente que não mereça antes um pouco de reflexão, a fim de que o auxílio seja efetivo! Compreendo seus cuidados, mas aqueles irmãos infelizes se julgam donos da situação, e trabalham sem receio e sem muita pressa. Embora comecem, os danos, de início, não serão tão grandes. Vou refletir em tudo o que me expôs, consultar os nossos maiores, cuja visão vai muito além da nossa, e esperar deles a melhor solução.

— Quanto demoram todas essas providências?

— O tempo necessário e que não será grande! Farei todo empenho para que nesta noite mesma o irmão retorne levando o auxílio, tanto aos encarnados quanto àqueles infelizes que não devem se comprometer ainda mais!

— Eu aguardarei e, se puder ser útil em algum outro esclarecimento ou nas providências a ser tomadas, o farei com amor!

— As nossas atividades, aqui, são sempre realizadas com muito amor, do qual emanam os bons resultados conseguidos. Confie, o socorro será prestado! Queira Deus, algumas daquelas entidades possam ser trazidas para o nosso aprisco, e ajudadas a se redimirem. O irmão sabe que não fomos como o somos agora. Muito já erramos e recebemos esse mesmo auxílio que hoje fazemos questão de dispensar aos outros. O progresso espiritual é uma lei natural a que todos estão submetidos. Apenas alguns ainda não foram despertados para o entendimento, mas esse dia chegará também para eles.

— É muito bom ouvi-la, lembrando-nos dessas verdades!

— O importante é que constantemente as façamos reviver! Não obstante conheçamos as leis naturais que nos regem, poucas vezes delas nos lembramos. A urgência do momento, porém, não permite nos alonguemos mais! Devo tomar as providências para uma resolução favorável desse caso, dentro dos nossos princípios e desejos! Aguarde-me que farei todo empenho para que, nesta noite mesma, já estejam naquele lar, em atividade de auxílio!

— Que Deus a abençoe por isso!

— Deus quer que encontremos a melhor solução e nos mostra caminhos. Nós é que, às vezes, os ignoramos e trilhamos outros de maiores sofrimentos.

As diligências foram tomadas, um contingente foi preparado, mas de emissários do bem, habituados a tarefas da natureza da que enfrentariam, e, no final da tarde, como se tratava de uma emergência, eles chegavam ao lar do senhor Michel.

O que levava o comando das ações, entidade de nobres conquistas no campo da evolução espiritual, entrou só. Era preciso que ele tomasse ciência do que acontecia, sem correr o perigo de dispersá-los, facilitando-lhes um retorno, depois, com mais ódio e furor.

Verificando que os de fora ainda não haviam retornado, exclamou de si para consigo:

— Mais fácil será nossa providência primeira!

Sim, uma medida inicial e de muito significado para o que pretendiam, deveria ser tomada.

Ele perscrutou o ambiente, falou rapidamente com aquela mãe e esposa aflita, tranqüilizando-a, e achou por bem realizá-la imediatamente, antes de os outros chegarem.

Deixando a casa, comunicou-se com os que o esperavam, dizendo:

— Podemos começar agora mesmo! Iniciemos, sem demora, a nossa operação, partindo da porta de entrada, deixando-a liberada até que os outros retornem. Depois completaremos o trabalho, e nenhum deles conseguirá mais sair. Em seguida, seguros de que não nos escaparão, nos apresentaremos e daremos continuidade ao que desejamos.

A operação foi imediatamente iniciada e, para o entendimento do leitor, podemos explicar que, de cada um, emanava uma substância magnética que ia plasmando um anteparo fluídico em torno de toda a casa, impedindo o livre trânsito de qualquer entidade infeliz, de percepção mais grosseira.

Era uma espécie de tapume, invisível aos olhos deles e aos de qualquer encarnado, mas bastante evidente àqueles que o realizavam.

Em pouco tempo, toda a casa estava protegida, faltando apenas completar a porta de entrada.

Aos encarnados, nenhum impedimento representaria, pelo contrário, era uma proteção muito eficaz.

Quando esse primeiro passo da tarefa estava cumprido, eis que Alfredo e o senhor Michel chegaram, acompanhados de todo o séquito que os obrigava a suportar a sua presença.

Depois da entrada de todos, o trabalho foi completado, uma vistoria geral, efetuada, e eles entraram também.

Os que haviam atuado no escritório, com os que permaneceram no lar, confabulavam, trocando informações, desejosos de saber o que cada um havia realizado.

Renê e seu companheiro mais direto, observando-os, deixou-os à vontade, mas logo nova ordem foi dada, com a admoestação de que ali não estavam para se divertir, não obstante a parte de maior significado para aquela primeira etapa, seria realizada durante a noite.

Os recém-chegados com nobres intenções, a par de toda a situação, tinham já, em sua companhia, a ansiedade daquela mãe aflita para saber o que fariam.

— Trouxemos um plano muito bem elaborado, - explicou o que detinha a chefia da operação - embora realizado às pressas, mas, trabalho dessa natureza, não é o primeiro que realizamos! Por isso, utilizando-nos de nossas experiências anteriores, transferindo-as à situação atual, iniciaremos a nossa ação, cuja parte preliminar e de fundamental importância, já foi realizada. Agora nos resta perscrutar as mais íntimas intenções de nossos irmãos, ora desviados do bem, e surpreendê-los antes de serem postas em prática.

— Alguma coisa já realizaram hoje, sem que pudéssemos impedi-los totalmente, porém, sem grande significado, e os efeitos foram levados à conta das circunstâncias naturais e normais a qualquer um. - informou o que havia ficado.

— Enquanto não estiverem totalmente nas mãos desses infelizes!...

— Graças a Deus e às benesses que nos concede, confio que nada farão! - considerou a mãe de Susana.

— E ainda serão auxiliados! - completou o que tinha a responsabilidade da iniciativa.

— Nem todos aceitarão! - obtemperou a senhora.

— Um que levarmos, disposto a redimir-se, nosso trabalho terá valido a pena!

— Compreendo! Cada ovelha, mesmo entre as mais negras, tem sempre a sua oportunidade! Se ela insiste em permanecer apartada do rebanho, um dia se juntará a ele! O Pai não tem pressa, e, de uma a uma, recolherá todas em Seu aprisco!

— É para isso que trabalhamos como um humilde servo Seu, para ajudá-Lo a reunir Suas ovelhas!

— Há tanto tempo esse trabalho vem sendo realizado, todavia, ainda se faz difícil!

— É porque grande número delas estendem o olhar muito além, sem conseguir compreender que, para chegar onde os olhos as deslumbram, muitos precipícios há, nos quais elas podem cair. E assim ocorrerá, até que um dia compreenderão que a paz do rebanho é mais valiosa, pois não oferece perigos.

— Muito sábia a sua comparação!

— Se cada uma se contentasse em olhar para dentro de si mesma e do próprio rebanho, procurando melhorar-se, sem colocar anseios em pontos longínquos e, muitas vezes, inatingíveis, sem se deslumbrarem com quimeras que só lhes trazem prejuízos, a vida lhes seria mais fácil e não haveria tantos comprometimentos.

— Tem razão! Entretanto, muito ainda demora para que cada um passe a olhar para si mesmo e ao seu redor mais próximo, procurando tanto as possibilidades que lhe podem ser oferecidas, quanto as que ele pode oferecer aos que o circundam.

— O Pai não tem pressa! Bem, vamos ao nosso trabalho!

Todas as medidas estavam tomadas e os participantes daquela ação de amor, preparados para mais intensamente atuar.

O que aconteceria, nenhum deles poderia imaginar.

Renê e o outro chefe cuidavam dos últimos detalhes, colocavam cada um nos respectivos postos, davam-lhes as últimas instruções, e todos, obedientes e submissos, mas felizes, ouviam e aguardavam.

O ponto alto da noite, para o grupo com intenções maléficas, seria durante o sono físico dos habitantes da casa, mas o seria também para os outros que deveriam interceptar qualquer iniciativa.

Depois do jantar, trazendo ainda no coração a impressão da noite anterior, quando sentira a presença da esposa, o senhor Michel encaminhou-se para o escritório. E ela, que o seguia nos menores atos, desejava estar com ele novamente, acariciá-lo e falar-lhe palavras de encorajamento, mas fora proibida.

Não seria conveniente, naquela situação, a fim de que nada se interpusesse aos planos realizados.

O jovem casal, depois de permanecer durante algum tempo na sala de visitas, decidiu recolher-se. Passaram pelo escritório, despediram-se do senhor Michel e subiram.

Ele prometeu que logo mais também se recolheria, mas o pensamento na esposa insistia em dominar-lhe toda a mente na expectativa de revivescer momentos. Os companheiros de Renê também ali estavam aguardando.

Parecia que uma grande luta se preparava naquela noite, quando dois partidos se digladiariam - o do bem e o do mal.

Entretanto, para aqueles que propugnam no bem, não há confrontos, mas lutas intensas, silenciosas e anônimas, lutas para recolher, no seu seio de amor, irmãos temporariamente apegados ao mal.

Nenhum deles ainda havia percebido aquelas presenças elevadas, imbuídas de sublimes propósitos, e transitavam de cá para lá, como donos de todo o território, antegozando o momento que teriam, à frente dos promotores do que julgavam, fora a desgraça de Renê.

Ele não sabia, mas uma grande surpresa o aguardava.

Quando o casal se deitou para o repouso, todos ficaram em estado de alerta. O senhor Michel ainda continuava no escritório, o que facilitaria a Renê trabalhar à vontade com cada grupo que aguardava a sua presa.

O primeiro a aparecer diante deles foi Alfredo. Desligando-se do corpo, foi caminhando vagarosamente em direção à porta, mas logo foi abordado.

— Aonde pensa que vai? - indagou um membro do grupo.

Sem dar resposta, como se não tivesse ouvido, ele continuou os passos, e o mesmo que havia feito a pergunta, saltou à sua frente, interceptando-lhe a passagem.

— O que quer de mim? Deixe-me! - exclamou o jovem.

— Trazemos-lhe uma surpresa!

Percebendo que nada de bom seria, Alfredo, um tanto irritado, indagou:

— Que surpresa?

— Acompanhe-me e verá! E, se não quiser ir por bem, irá do mesmo modo!

— Aonde deseja me levar?

— No quarto ao lado!

— Para quê?

— Siga-me!

Sem ter como recusar, Alfredo acompanhou-o e, ao entrar, deparou-se com Renê e surpreendeu-se.

— Você aqui!?

— Sim, pensou que ficaria livre de mim, denunciando-me e até desejando que me eliminassem, mas está muito enganado! Agora é que vamos ajustar nossas contas, primo! - arrematou em tom sarcástico.

— Você deveria saber como tudo aconteceu! Não tivemos culpa de nada! Contudo, não poderíamos mantê-lo escondido em nossa casa, deixando minha esposa doente!

— Confessa, então, que me denunciou?

— Não, eu nada fiz, mas isso não interessa agora!

— Interessa-me e muito!

Os que haviam vindo em missão de auxílio estavam presentes e aguardavam.

Renê, prosseguindo no que pretendia, ordenou:

— Pois que façam com ele o que combinamos! Não tenham piedade! Ele precisa levar uma boa lição da qual se lembrará pelo resto da vida, e saiba, querido primo, é apenas o começo! Eu o destruirei completamente! Acabarei com o seu lar e, no escritório, haverá tanta discórdia, os trabalhos serão tão mal realizados que os clientes se afastarão e não lhes restará nada! Nem a você, nem ao amado sogro, causa maior da minha desgraça, nem ao seu querido irmãozinho, os decentes, corretos, íntegros, esforçados, dedicados e felizes... Lembre-se bem do que estou lhe dizendo e previna-se, se puder resistir a todo o mal que desejo lhe fazer.

Ao ouvirem a ordem para que cuidassem de Alfredo, os emissários do bem ficaram a postos, mas aguardaram que ele terminasse a fala para aquilatar toda a extensão do que pretendia. Era fora de dúvida, porém, que não lhe permitiriam realizar os intentos.

Quando ele terminou, ordenou:

— Agora o levem! Eu aguardarei o próximo!

O chefe do trabalho no bem apresentou-se diante de Renê, com todo o brilho da sua elevação, assustando-o, e indagou:

— Filho de Deus, o que pretende? Nenhum mal mais fará! Não procure culpados por todos os danos que vem espalhando, senão em si próprio, em suas ações maléficas!

— Não me venha com advertências nem se coloque em nossos meios!

— Coloco-me com muito amor para impedir que prossiga nesse caminho!

Renê, querendo mostrar a sua autoridade, tornou a ordenar que levassem Alfredo, mas eles viram-se impedidos. Mesmo que quisessem, não conseguiriam.

— Vamos, obedeçam-me, senão serão castigados! Vocês ainda não me conhecem!

O chefe do bando que auxiliava Renê, prevendo que nada de bom, dentro dos seus propósitos, os aguardava naquela casa, fugiu do quarto levando os seus e, abandonando Alfredo, rapidamente chamou os outros companheiros, pretendendo deixar a casa.

Por mais tentassem, era impossível. Uma força desconhecida retinha-os, impedindo-os de prosseguir.

Em poucos instantes, Renê se viu só diante daquela entidade de luz e impedido de fazer o que pretendia.

Alfredo, do mesmo modo, sentindo-se livre, correu para o refúgio carnal e despertou assustado e ofegante. Até seu quarto estava vazio daquelas presenças.

Frente a frente, Renê, com a entidade de luz, a situação modificou-se. O seu poderio, não o da força nem o da opressão, mas o do amor, tornara possível tal operação e, mesmo tendo todos se afastado, não se preocupou. Sabia que nenhum conseguiria deixar a casa e deles cuidaria depois. O importante e imediato, era Renê.

Sem muita demora, aquele Espírito resplandecente, bondosamente lhe falou:

— Agora que ficamos sós, vamos conversar! O que pretende com todo o mal que quer praticar nesta casa, atingindo implacavelmente os que tanto o ajudaram em outras circunstâncias, sobretudo seu primo, culpando-o por toda a desgraça que você mesmo buscou?

Renê não se deu ao trabalho de responder, mas ele prosseguiu:

— Veja você em que situação se encontra, e pense em como estará em breve tempo! Como aqueles a quem pediu ajuda, míseros maltrapilhos e farrapos espirituais, apegados ao mal, realizando-o apenas para satisfazer sua índole maléfica, sem nem pensar por quê! É isso que pretende para si mesmo? Não espere que depois deste trabalho em que supostamente eles se submetem, respeitando-o como chefe, essa situação irá perdurar. É uma forma deles conseguirem mais um para o bando e, como novato, terá que se submeter ao comando inflexível de quem agora o auxilia, sofrendo toda a sua autoridade impiedosa. Hoje ele se faz amigo, mas, no futuro, o terá submisso e sem vontade própria, apenas para cumprir o que determinar, como está acontecendo com os outros que o acompanham!

Renê ouvia e incorporava cada uma das suas palavras, sem, contudo, demonstrar que o fazia, e ele continuava:

— Como Espírito liberto, tem dois caminhos a percorrer, como todos o temos, assim como cada encarnado também o tem: - Há o caminho do bem e o do mal! - O primeiro leva às boas ações, à prática do amor, à felicidade, porque quem transita por ele, mesmo que devagar, vai adquirindo virtudes e, a cada virtude adquirida, é uma imperfeição vencida. Ao final desse percurso, se é o que escolhemos, encontraremos a paz e a felicidade, e não precisaremos nos esconder de ninguém, porque traremos o coração puro e livre de toda e qualquer culpa; estaremos redimidos se algum mal, um dia, praticamos contra alguém, e prontos a auxiliar aqueles que ainda insistem em fugir desse caminho e trilhar o outro.

Para surpresa da entidade que o esclarecia, imbuída de tanto amor, Renê pediu:

— Fale-me do outro, agora!

— O outro não tem novidades para você, pois é aquele no qual está penetrando! Embora tenha praticado muito mal na sua vida de encarnado, retirado da oportunidade da existência terrena três Espíritos que também precisavam viver para cumprir suas tarefas, muitas oportunidades Deus oferece a Seus filhos, porque não os quer ver sofrer. Os débitos adquiridos pelo que realizou, precisam ser resgatados. Mas Deus, na Sua bondade e misericórdia, faz com que Seus filhos paguem pelo mal que espalharam apenas quando podem compreender o valor do bem, para que as provas sejam mais bem aproveitadas, e eles se libertem de compromissos, ao invés de adquirirem mais, se ainda não estiverem prontos para os resgates.

Depois de pequena pausa, como que a perscrutar o íntimo do interlocutor, ele prosseguiu:

— Mas, conforme me pediu, voltemos a falar desse caminho perigoso e tão cheio de surpresas maléficas, de monstros do vício e de todas as iniqüidades que pode abrigar um coração. Precipícios terríveis, nos quais aqueles que o escolheram, constantemente se vêem mergulhados, são inevitáveis. Sem poderem retornar, caem em outros mais profundos, e, de precipício em precipício, vão se afundando cada vez mais e sofrendo muito. Sim, não pense que trilhando esse caminho apenas fazemos mal aos outros, não, pois que o mal maior o fazemos contra nós próprios, retirando de nós as possibilidades de uma vida de alegrias e de progresso, junto daqueles a quem amamos, auxiliando, amparando e sendo feliz.

— O senhor escolheu o caminho do bem, pois está aqui querendo ajudar-me! - tornou timidamente Renê.

— Todos nós, em nossas vidas pretéritas, cometemos

desatinos, mas o importante e muito agradável ao Pai é o esforço que fazemos para a nossa redenção. Ele nos auxilia, ao vislumbrar em nós uma pequena centelha de arrependimento e nos impele ao bem!

— E para mim, o que me espera depois de tantos desatinos?

— Devo dizer-lhe que cada um resgata os próprios débitos, pois que Deus é justo e quer Seus filhos redimidos dos males praticados. Mas, ao mesmo tempo, é bom e os auxilia, dando-lhes força para salda-los, fortalecendo-lhes o Espírito para suportar a dor que porventura venham a sofrer, ou através das enfermidades do corpo físico ou das dores morais. Ele tem muitas formas de nos fazer resgatar débitos, e quanto maior for a nossa disposição em trabalhar no bem, em auxiliar, em diminuir a dor do nosso semelhante, mesmo que carreguemos o coração com o próprio sofrimento, maior será o Seu auxílio, mais encorajado ficaremos e menor será a dor que sentiremos. A justiça divina é maravilhosa e muito suave para aqueles que desejam ser justiçados, mas muito penosa para os que se revoltam e, não confiando nela, pretendem realizá-la por si mesmos!

Renê ouvia cada uma das explicações daquela entidade bondosa e radiante de luz e começou a confiar. Sentia o seu interesse por ele, o seu amor e, se assim ocorria, por que não ouvi-lo e não aproveitar daqueles esclarecimentos que nunca tivera?

As explicações sobre a justiça divina atemorizaram-no um pouco, porque compreendeu, dela ninguém foge. Não há privilégios nem perseguições, mas também não há subornos nem manobras de ninguém para eximir-se de sentir seu peso. É a lei de causa e efeito, tão natural, tão bem ordenada, que tudo acontece sem que ninguém precise impor ou desculpar.

Pensando em todos esses pontos, Renê voltou a indagar:

— Por que o senhor demonstra tanto interesse por mim, se não deverei me furtar de sentir o peso dessa justiça que me expõe?

— Por muitas razões! A justiça divina se cumpre, mas é nosso dever abrir os olhos daqueles que se esqueceram de Deus, e das conseqüências do que praticam. Desejando fazer justiça pelas próprias mãos, ao se sentirem ofendidos ou prejudicados, por não confiarem na justiça de Deus, comprometem-se ainda mais. A sua visão nem sempre é a da realidade, por isso imputam aos outros culpas que não lhes cabem. Veja os habitantes desta casa, alvos da sua ação justiceira! Eles nada têm a ver com os seus desatinos. Por que culpar o advogado diligente e honesto que se esforçou para libertá-lo da prisão, mesmo tendo cometido um crime de morte? Nunca pensou que, se não fosse por ele, você e seu irmão poderiam ainda estar presos cumprindo uma pena muito maior, o que, talvez, tivesse sido melhor e evitado outros crimes? Que culpa tem seu primo que sempre o auxiliou, e a esposa que ainda o escondeu em casa e, de tão atemorizada, adoeceu? Reflita nos próprios atos! Já pensou se cada um que se sente ofendido na face da Terra, procurar sua própria justiça, no que se transformará este planeta?

Renê, de cabeça baixa, como que envergonhado, ouvia, e, percebendo a receptividade de suas palavras, aquela entidade, não desejando perder a ocasião, prosseguia:

— Você nunca se lembrou daqueles de quem tirou a vida? Pois pense! Se cada um se decidisse a fazer justiça pelas próprias mãos, o inferno que tornariam sua vida, ainda mais se se associassem a um bando maléfico como você o fez?

Vagarosamente Renê ergueu a cabeça e indagou:

— Onde estão eles?

— Cada um, pela misericórdia do Pai, vai para o lugar que merece, e recebe o auxílio que Ele lhes dispensa, se dele não se furtarem. Os três estão passando por um período de refazimento. A única que se encontra revoltada é a infeliz que você amou e acabou por tirar-lhe a vida.

— Por que o senhor está desejando ajudar-me se sou tão culpado assim?

— Primeiro porque somos todos filhos de um mesmo Pai e devemos nos auxiliar mutuamente. Faço-o tanto para ajudá-lo a não se comprometer mais, quanto para ajudar os moradores desta casa, que não merecem o que pretende realizar com eles.

— O que o senhor fará comigo, agora?

— Nada que não for da sua vontade! Aqui estou para auxiliá-lo e faço-o com muito amor, mas está em você, aceitar ou não! De nada adiantaria querer levá-lo à força, submisso! Não que não o podemos, mas não é conveniente. Geraria a sua revolta e nenhum auxílio lhe chegaria, porque seria repelido. No entanto, se aceitar o que lhe proponho, eu o levarei a um local onde todos são tratados com muito amor, refazem-se e preparam-se para que um dia, de retorno à Terra, possam ressarcir os débitos adquiridos! - Débitos adquiridos na Terra, na Terra são ressarcidos!

Sem muito pensar, Renê comunicou-lhe:

— Confio no senhor, e, nessa confiança, aceito ser levado!

— Graças a Deus, meu filho! De agora em diante, um novo caminho se abre para você! Não lhe direi que será de flores, pois quem não as planta não lhes sente o perfume, mas, qual aprendiz de jardineiro, um dia você aprenderá a plantá-las, e terá, como recompensa, o seu terno e suave perfume, aquele que embriaga o coração de muito amor e faz exalá-lo em todas as direções!

A estas últimas palavras, Renê comoveu-se e compreendeu as dificuldades que enfrentaria. Contudo, de que adiantaria fugir e fugir constantemente, comprometendo-se cada vez mais e acumulando débitos e maiores sofrimentos? Já não era suficiente tudo o que fizera e o que sofrera?

Erguendo os olhos àquela entidade luminosa que lhe irradiava tanto amor, tanto que conseguira penetrar-lhe o coração, ele pediu:

— Leve-me e não me desampare! Dê-me forças para não retroceder desta decisão! Auxilie-me a que nada me demova deste caminho com o qual está me acenando, mesmo sabendo que nele ainda não encontrarei as flores que poderão perfumar minha existência, mas esforçar-me-ei para começar a semeá-las a partir de agora. Conquanto um jardineiro rebelde e incipiente, sem habilidade nas mãos para lidar com as coisas sublimes, aos poucos aprenderei não só a plantar flores mas a sentir-lhes o perfume.

— Muito bem, meu filho, é assim que se fala! Devemos agradecer a Deus esta oportunidade de auxílio e redenção. Mais um filho Seu que havia penetrado na estrada pedregosa da dor e do vício, está retornando.

— O que acontecerá comigo?

— Se confia em mim como o afirmou, não tenha receio, mas esteja feliz! - e, olhando ao redor, exclamou: - Veja, não há mais ninguém conosco neste quarto!

— Devem ter fugido à sua luz!

— Se deixaram este quarto, não conseguirão sair desta casa! Preparamo-nos para isso! Meus companheiros devem estar conversando com eles, porque, se a oportunidade se lhe achegou e, graças a Deus, foi bem aproveitada, para eles também a hora é chegada. Desçamos para ver se conseguiram convencer alguns a seguir conosco! Um apenas que queira se desligar do mal e recomeçar uma nova vida, terá valido a pena.

Antes de acompanhar a entidade de luz, Renê pediu um instante de seu tempo, pois precisava de uma informação, se é que a ela teria direito. Exposto o que desejava saber, o benfeitor, bondosamente, explicou-lhe:

— Graças a Deus e aos esforços dos seus familiares, sobretudo do pai de Alfredo que sempre se empenhou para proporcionar-lhes o melhor, seu irmão foi levado para junto dos familiares, e, recebendo deles amor e compreensão, está se refazendo! Não se preocupe com ele, pois parece que encontrou um caminho, embora as responsabilidades adquiridas terão, um dia, de ser saldadas.

Satisfeito com a resposta, Renê acompanhou a entidade de luz, e viu-se diante de uma assembléia que se realizava numa das dependências da casa, tendo à frente alguns dos que haviam vindo em auxílio. O trabalho deveria estar sendo bastante frutífero, pois vários já estavam apartados do bando apegado ao mal, desejosos de partir para novas direções. Alguns, porém, ainda se mantinham indiferentes, enquanto outros mostravam-se revoltados.

O chefe era um deles! Tendo tentado escapulir e, vendo-se impedido, irritou-se. Não ouviu nenhum argumento ali exposto, perturbando até as boas intenções dos que procuravam convencê-los. Quando avistou Renê, acusou-o de néscio e de não saber onde se metia para trabalhar.

Sem nenhuma resposta e até um tanto amedrontado, Renê não saiu do lado do benfeitor, cuja presença fez o chefe rebelde calar-se.

Deixando seus companheiros concluírem o que haviam iniciado, ele tomou a palavra com muita ternura e bondade e arrebanhou mais alguns, retirando-os do mal. Ao final, o número dos que aceitaram foi mais ou menos equivalente ao dos que recusaram, e ia muito além do que previam, mesmo dentro das melhores expectativas.

Quando a tarefa foi dada por concluída, ao encerrar sua fala, ele agradeceu a Deus não só a dádiva do trabalho, mas os bons resultados alcançados, e, completando, para espanto dos mais renitentes, acrescentou:

— Os que ainda nada aceitam e recusam sair do sofrimento para uma vida mais feliz, podem retirar-se!

O chefe do bando, irado, exclamou:

— Se tivéssemos podido sair, não estaríamos aqui ouvindo tantos disparates!

— Agora o podem, é só tentar!

Temeroso e desconfiado, com receio de estar sendo colocado em ridículo, ele tentou transpor a porta de entrada e, para seu espanto, nenhum impedimento sentiu. Os outros o acompanharam, restando apenas os que haviam aceitado a oferta de um recomeço.

A mãe de Susana, enlevada e agradecida, aproximou-se do benfeitor e, tomando-lhe as mãos, beijou-as profundamente, demonstrando a sua gratidão. Palavras, não as tinha, todavia, muitas vezes, um gesto diz muito mais que qualquer palavra.

Seu antigo lar estava liberto da ação maléfica que se prenunciava; os entes mais queridos poderiam prosseguir suas vidas, cumprindo provas, aprendendo e saldando débitos, além do auxílio prestado àqueles que haviam vindo para realizar o mal.

Reconhecendo a superioridade daquele que viera em auxílio, ela pediu para permanecer no lar por mais um dia, junto dos familiares, agora dentro da paz que lhes fora proporcionada.

A solicitação era procedente e lhe foi concedida. A nova caravana preparava-se para retornar, então acrescida de todos os que haviam conseguido recolher do caminho do mal, deixando a liberdade para os três que seriam atingidos sem nada saberem do que se lhes preparava.

Quando nos fazemos merecedores, o auxílio chega das mais variadas formas, liberando-nos de males, proporcionando-nos alegria e bem-estar, dando-nos a oportunidade de prosseguir no cumprimento do que preparamos para nós mesmos, como meta de vida, saldando compromissos, aprendendo, auxiliando e progredindo sempre.